GREAT
코리아
KOREA

4

뿔미디어

contents

1. 김장근의 말로 ··7

2. 라이프제약의 신제품 ··43

3. 사고 ··79

4. 따라다니는 시선 ··113

5. 다시 만난 인연 ··151

6. 사람을 얻다 ··185

7. 차세대 주력 전차 개발 계획 ··227

8. 국방부의 발표 ··263

1.
김장근의 말로

"이게 뭔가?"

커다란 사무실, 그 안에 여러 명의 사람들이 자리에 서 서 한 사람에게 호되게 꾸지람을 듣고 있었다.

지금 서 있는 사람들에게 호통을 치는 사람은 대한민국 재계의 실력자 중 한 명인 신상욱 회장이었다.

일신그룹의 초대 회장인 신영호의 뒤를 이어 일신그룹 의 회장에 오른 그는 회장에 오르기 무섭게 정권과 유착이 되어 정부에서 발주하는 공사는 물론이고, 정부가 가지고 있던 국영기업 민영화 사업에서 많은 기업을 인수함으로 써 30위권이었던 일신그룹을 당당하게 10위권 안으로 끌어올렸다.

더욱이 그는 정계에 로비를 하는 것은 물론이고, 관계 그리고 재계에도 결혼을 통한 피의 동맹을 이룩했다.

사실 이것은 있는 자들끼리 서로 새로운 경쟁자를 만들지 않겠다, 라는 암묵적인 동의가 있었기에 가능한 일이었다.

아무튼 어찌 되었든 일신그룹이라는 이름을 대한민국 안에 확고한 자리를 만든 장본인이 바로 신상욱 회장인 것이다.

그런데 그런 아성이 지금 도전을 받고 있었다.

아니, 한 사람으로 인해 이름이 더럽혀지고 있다는 표현이 맞을 것이다.

탁!

신상욱 회장은 호통을 치며 내려친 것은 오늘 아침에 배달된 신문이었다.

출근을 하면 가장 먼저 하는 게 바로 신문을 통해 경제와 세상이 돌아가는 일을 확인하는 것이었다.

그런데 오늘 신문 일 면에 자신이 경영하는 그룹의 이름이 떡 하니 나와 있는 것이 아닌가.

그룹의 이름이 신문에 오르내리는 것은 별게 아니다.

아니, 신문에 나온다는 건 좋은 일일 수 있었다.

하지만 구설수에 오를 수 있는 내용이라면 썩 환영할 만한 일이 아니다.

"그룹 홍보부는 뭐하는 놈들이야?!"

화를 내던 신상욱은 급기야 그룹 이미지를 홍보하는 홍보부 이사를 쳐다보며 소리쳤다.

회장의 호통에 지명을 당한 홍보 담당 이사인 신영돈 상무는 할 말이 없었다.

사실 자신도 오늘 아침에서야 신문을 보고 무슨 일이 있었는지 알게 됐기 때문이다.

일신그룹 계열사 중 하나인 일신제약의 고위 관리가 조폭을 이용해 경쟁 업체 사장을 납치해 폭행을 하려다, 오히려 덜미를 잡힌 내용이 신문에 대서특필됐다.

웬만한 일이면 신문사에게 미리 연락을 줘 보도 통제를 했을 것이지만, 이건 너무 엄청난 사건이라 괜히 시간을 늦췄다가는 특종을 놓칠 수 있었기에 신문사에서 바로 사건을 보도한 것이다.

그 때문에 일신그룹의 이름이 대문짝만 하게 전국으로 퍼지게 되었다.

비록 계열사라고 하지만, 먼저 10대 그룹에 해당하는 일신그룹의 이름이 전면에 나가는 것은 막을 수 없었다.

아무리 협력 관계에 있는 관계라 하지만 특종을 다른

신문사에 넘길 수는 없는 일이기 때문이다.

"눈이 있으면 한번 확인들 해 봐! 이따위로 일할 거면 모두 사표 써!"

신상욱 회장의 계속되는 큰소리에도 자리에 있는 이사들은 어느 누구도 입을 열 수가 없었다.

괜히 이 자리에서 변명이라고 늘어놓았다가는 죽여 달라는 말과 다름이 없음을 잘 알고 있기 때문에 모두 입도 뻥긋하지 않는 것이다.

"이 새끼는 회사에 끼친 손해를 책임지게 하고 파직시켜!"

"알겠습니다, 그렇게 지시하겠습니다."

회장의 지시에 한 사람이 대답을 하였다.

대답을 한 사람은 신상욱 회장의 차남이며 사고를 친 간부의 직속 상급자인 일신제약의 사장인 신영민이었다.

말을 하면서도 신영민의 표정은 무척이나 굳어 있었다.

현재 신영민은 차기 그룹 회장 자리를 두고 자신의 큰형과 경쟁을 하고 있는 상태다.

그런 차에 사고를 친 사람이 자신의 측근인 김장근 전무라는 것이 다른 이사들에게 알려진다면 좋을 것이 없었다.

아직 다른 이사들의 표정을 보면 아직까지 그저 자신의

밑에 있는 간부 정도로만 알고 있는 듯했다.

그렇기에 신영민은 이 일이 알려지기 전 마무리 지을 생각이었다.

생각을 정리하는 신영민의 눈에 그의 아버지인 신상욱 회장이 내려놓은 신문이 들어왔다.

고개를 숙이고 수갑을 찬 모습으로 구치소에 있는 김장근의 모습은 그의 미래를 암시하는 것처럼 보였다.

◈　　◈　　◈

"감히 내가 하는 일을 방해해?!"

김장근은 자신의 앞에 있는 수한을 보며 그렇게 소리쳤다.

한편 수한은 사람을 시켜 이곳까지 불러내 고함을 치는 김장근의 모습에 고개를 갸웃거렸다.

자신은 한 번도 본 기억이 없는 인물인데 자신이 그의 일을 방해했다는 말이 이해가 가지 않았다.

"내가 당신의 일을 어떻게 방해했다는 거지?"

이미 김장근과 수한의 관계는 끝으로 치닫고 있었다.

그렇기에 수한은 자신에게 고함을 지르는 김장근에게 존칭을 써 줄 아무런 이유가 없었다.

더욱이 자신은 그동안 누군가와 척을 질 만한 일을 하지 않았다.

그저 18년 만에 가족의 품에 돌아왔고, 또 남들은 회피하는 국방의 의무를 다하기 위해 대체복무를 하고 있었다.

그리고 어려움에 처한 아는 사람의 회사를 인수해 정상화 시키는 것은 물론이고, 직원들이 자신의 직장에 자부심을 느끼게 일거리도 만들어 주었다.

그런데 전혀 생면부지의 인물이 나타나 자신에게 화를 내고 있으니 어이가 없을 지경이었다.

그런 수한의 생각과 다르게 김장근은 수한을 철천지원수를 쳐다보듯 소리쳤다.

"조은제약!"

"조은제약?"

김장근의 조은제약이라는 소리에 수한은 자신도 모르게 그의 말을 따라 하였다.

그런 수한의 모습에 김장근은 분노한 표정으로 계속해서 말하였다.

"내가 작업을 해 놓은 조은제약을 네놈이 가로채지 않았나!"

그 말에 수한은 그제야 조은제약이 무엇 때문에 그렇게 자금 압박을 받았는지 이해가 갔다.

별다른 악재도 없는데, 금융기관에서 대출을 안 해 주는 것은 물론이고, 기존 대출금까지 상환하라고 압박을 했다는 것이 이해가 가지 않았는데, 지금에서야 그 이유를 알게 되었다.

특히나 조은제약은 몇 가지 약에 관해선 특허까지 가지고 있는 제약회사였다.

사실 그것만 팔아도 충분히 대출금을 갚을 수도 있었다.

다만 그렇게 하면 새로운 약이 나오기 전까지는 수익을 낼 수 없기 때문에 어쩔 수 없이 금융기관에서 대출을 받으려는 것이었다.

그런데 그것을 막고 있던 것이 바로 일신제약의 전무인 김장근이었다.

"설마 당신이 조은제약을 함정에 빠뜨린 장본인인가?"

수한은 혹시나 하는 생각에 확인 차 물었다.

그런 수한의 질문에 김장근은 별것도 아니란 듯 대답을 하였다.

"어차피 국내 작은 제약사인데 일본의 대기업에서 사 주겠다면 감지덕지 하고 팔아야지 감히……."

무슨 특별한 이유가 있어서 조은제약을 부도 위기까지 몰아갔다는 말에 어이가 없었다.

그리고 그건 김장근의 의뢰를 받고 수한을 이 자리로

데려온 폭주족들도 마찬가지였다.

웅성! 웅성!

잠시 수한의 뒤에 있던 폭주족들 속에서 야간의 소란이 일었다.

비록 자신들이 용돈을 벌기 위해 이런 일을 하기는 했지만, 설마 어처구니없는 일에 자신들이 이용되었다는 생각이 들면서 일부 폭주족들이 불만을 토로하기 시작한 것이다.

자신의 뒤쪽에서 소란이 일자 수한은 잠시 자신의 뒤에 있는 폭주족들을 쳐다보았다.

'생각 보단 나쁘지 않네?'

무턱대고 흉기를 휘두르지 않고 자신을 이곳으로 데려온 것이나 방금 전 김장근의 어이없는 이야기를 듣고 소란을 일으키는 모습에서 수한은 폭주족들이 악에 물들지 않았다는 것을 알게 되었다.

"버러지 같은 새끼! 어디서 감히 어른이 찍은 것을 가로채! 상도덕을 모르는 것들은 혼이 나야 정신을 차리지."

김장근은 마치 수한을 보며 훈계를 하듯 행동했다.

그는 자신이 말을 하고도 무척이나 자랑스러운 듯 조금 전까지 화를 내던 것과 다르게 혼자 미소를 짓고 있었다.

그런데 그런 김장근의 모습을 지켜보는 이들은 그가 미

친 것이 아닌지 의심이 들었다.

'또라이 아니야!'

"미친놈이군!"

수한은 김장근을 보며 미친놈이라고 단정을 하였다.

엄밀히 따지면 김장근의 행위는 범죄에 가까웠다.

이득을 보기 위해 타인과 공모해 다른 사람을 위기에 처하게 만들었기 때문이다.

그런데도 자신의 잘못을 깨닫지 못하고 그것을 막은 수한에게 보복을 하기 위해 사람을 써 납치를 한 것이니, 이건 명백한 범죄 행위였다.

법에 관해선 공부를 한 것이 아니라 단편적인 것만 알 수 있었지만, 사람을 시켜 자신을 이곳으로 부른 것은 분명 범죄 행위였다.

수한은 지금 상황을 처음부터 끝까지 녹화를 하고 있었다.

차를 타고 오면서 뭔가 이상한 느낌을 받은 때부터 수한의 차에 부착되어 있는 차량용 블랙박스는 녹화를 하기 시작했다.

그저 녹화만 하는 것이 아니라 소리까지 녹음을 하고 있었기에 만약 이것을 경찰이나 검찰에 신고를 한다면 김장근은 꼼짝 없이 감옥에 가야만 할 것이다.

"당신은 법이 무섭지도 않나? 감히 이런 일을 하려고 하다니."

눈앞에 있는 남자가 혹시 법도 무시할 수 있는 힘을 가진 건 아닐까.

아직까지 김장근의 정체를 알지 못하는 수한은 문득 이런 생각이 들었다.

"훗, 보이는 것처럼 아직 어리군. 대한민국의 법이란 건 다 있는 자의 권리를 대변하기 위해 있는 거다. 들어보지 못했나? 유전무죄 무전유죄라고 말이야!"

김장근은 자신의 말에 수한의 기가 꺾였다고 생각되었는지 자신의 말에 취해 대답했다.

이미 김장근이 어떤 생각을 가지고 자신을 납치하려고 했는지 이제야 깨닫게 된 수한은 자신이 처음부터 이 상황을 녹화해 두길 잘했다는 생각이 들었다.

물론 자신의 집안이 결코 만만한 곳이 아님을 잘 알고 있다.

하지만 물적 증거가 없다면 아무리 김장근을 잡아들이려고 해도 이리저리 빠져나갈 수도 있고, 또 구속이 되더라도 보석금을 내고 집행유예 같은 경미한 처벌로 풀려날 수도 있으리라 생각되기도 했다.

사실 이렇게 녹화를 하게 된 계기는 별것도 아니다.

전에 양아치들이 자신을 붙들고 시비를 걸었을 때, 당시 상황을 찍은 SNS 동영상이 없었다면 오히려 자신이 죄를 뒤집어쓸 뻔하였다.

더욱이 당시 함께 있던 누나들이 고초를 겪을 뻔하지 않았던가.

그래서 그 뒤로 수한은 자신의 주변에서 일어나는 일은 항상 증거를 남기기 위해 노력을 하였다.

그래서 오늘도 블랙박스에 녹화와 녹음을 한 것이다.

"이제 네 처지를 알았지? 괜히 어른들 일에 끼어들면 안 된다는 것을 알려 주지. 처리해!"

김장근은 당당했다. 자신이 하려는 일이 범죄란 사실을 인지하고 있기는 한 것인지 의심이 드는 행동이었다.

하지만 일단 김장근의 말이 떨어지기 무섭게 수한의 뒤에 있던 폭주족 중 몇 명이 수한에게 접근을 했다.

그들은 이미 김장근의 기사인 김도영에게 상당한 금액을 약속받은 상태였다.

그렇기 때문에 다른 폭주족들이 머뭇거리고 있을 때도 앞으로 나선 것이다.

"전무님 약속한 것은 지키셔야 합니다."

폭주족들의 리더인 정완이 앞으로 나서다 말고 김장근을 보며 그렇게 말했다.

그런 정완의 말에 김장근도 기분이 무척이나 좋은 것인지 대답을 하였다.

"일처리 하는 것 보고 나서 내 마음에 들면 한 장 더 주지."

앞으로 나서던 폭주족은 김장근의 말을 듣기 무섭게 눈이 반짝였다.

착수금으로 500만 원을 받았다. 그리고 일이 끝나면 500만 원을 더 받기로 했는데, 지금 의뢰인이 자신의 마음에 들면 천만 원을 더 주겠다는 소리를 하였다.

그러니 정완을 비롯한 폭주족 일부는 눈이 돌아갈 지경이 되었다.

겨우 사람 하나 불러와 손보는 것으로 2천만 원을 받는다는 생각에 흥분한 것이다.

그런 일부 폭주족의 모습에 수한은 속으로 다시 한 번 생각하게 되었다.

비록 일부이긴 하지만 돈의 노예가 된 자들을 확실하게 손을 봐 주기로 결심했다.

폭주족을 자신이 폭행한다고 해서 법에 접촉을 될 것 같지 않았다.

일단 자신은 어찌 되었든 폭주족의 위협에 이곳까지 억지로 끌려온 것이고, 또 방금 전 이들의 대화로 범죄 행위가 성립이 되었으니 자신이 손을 쓴다고 처벌을 받지 않을 것이다.

"날 좀 쉽게 보는군."

자신이 혼자라 너무 쉽게 생각하는 것 같다는 생각이 들었다.

굳이 여러 명이 달려드는데 기다려 줄 이유가 없다고 생각한 수한은 가장 먼저 달려드는 폭주족을 향해 접근했다.

김장근이 돈을 더 준다는 말에 가장 먼저 달려들던 종수는 제일 처음으로 수한과 만나게 되었다.

퍽!

순간 가죽 북 터지는 소리가 들리고, 가장 먼저 달려들던 종수의 신형이 제자리에 무너졌다.

털썩!

하지만 쓰러지는 종수를 보며 흠칫할 새도 없이 수한은 다른 폭주족을 향해 몸을 날렸다.

종수의 뒤에서 달려들던 재덕은 자신을 향해 날듯이 덮치는 수한의 모습에 당황해 제자리에 멈칫했다.

그런 잠깐 멈칫한 것이 재덕이 마지막 기억이었다.

종수를 쓰러뜨리고 재덕을 향해 덮친 수한은 공중에서 재덕의 관자놀이를 발끝으로 건드렸다.

다른 사람이 보기에는 그저 스쳐 지나간 것처럼 보이지만 사실, 수한의 이 수법은 무척이나 고난이도의 수련을 쌓은 전통 무술 불무도 고수만이 할 수 있는 동작이었다.

하지만 재덕이 느낀 충격의 양은 마치 헤비급의 복서의 주먹을 맞은 것과 비슷했다.

수한의 힘 조절 덕분에 재덕은 그저 눈앞이 번쩍 하는 느낌만 받고 기절해서, 그다지 고통은 느끼지 않았다.

그 뒤로도 수한의 행동은 멈추지 않았다.

솔개가 병아리를 채 가듯 공중에 떠서 폭주족을 덮치는 수한의 모습에, 아직 뒤에서 지켜보던 폭주족이나, 이들에게 지시를 내린 김장근 역시 경악을 금치 못했다.

영화에서나 볼 수 있는 장면을 실제로 보고 있었기 때문이다.

'사람이 날아다닌다.'

수한의 동작을 보고 있는 사람들의 머릿속에는 공통적으로 그렇게 인식이 되었다.

지금 수한은 처음 종수를 공격 이후 아직까지 땅에 내려오지 않고 공중에서 마치 징검다리 건너듯 한 번씩 공격하고, 다른 사람에게 날아가는 동작을 반복하고 있기 때문이었다.

"저저……!"

그런 모습에 김장근은 자신도 모르게 말도 못 하고 어정쩡한 감탄성만 흘려 낼 뿐이었다.

털썩!

자신에게 덤비던 폭주족들을 모두 쓰러뜨린 수한은 아직 뒤에 남아 있는 폭주족을 보았다.

"더 할 텐가?"

남은 폭주족을 보며 그렇게 물었다.

자신이 속한 폭주족의 리더와 간부들이 모두 쓰러지는 모습을 본 그들은 고개를 흔들어 덤벼들 의사가 없음을 표했다.

남은 폭주족들의 그런 모습에 수한은 시선을 돌려 김장근을 쳐다보았다.

그런 수한의 시선엔 김장근은 자신의 곁에 있던 경호원에게 지시를 내렸다.

"어서 처리해!"

김장근의 명령에 경호원들은 인상을 구겼다.

마음 같아서야 싫다고 거부를 하고 싶었지만 현실은 그렇지 못했다.

의뢰인의 요구를 거절했다가는 어떤 불이익이 돌아올지 모르기 때문이다.

물론 계약서에는 이런 일이 발생했을 때 조항이 있기는

하나, 대한민국에서 경호 업체가 우선인 경우는 없었다.

그렇기 때문에 김장근처럼 높은 인간들의 요구를 거절했다가 무너진 경호 업체들이 한둘이 아니다.

그러니 지금 싫더라도 나서야만 했다.

경호원이 앞으로 나서자 수한은 눈이 반짝였다.

'분명 저 사람은 처음부터 이런 상황이 못마땅한 표정이었는데, 왜 나서는 것이지?'

경호원의 사정을 모르는 수한은 그런 생각을 하였다.

"자네에겐 유감이 없지만, 내 사정상 어쩔 수 없네."

앞으로 나서던 경호원은 지금 수한이 자신을 보며 찡그린 표정에서 수한이 지금 생각하고 있는 바를 짐작할 수 있었다.

그래서 변명 아닌 변명을 하게 된 것이다.

그리고 그런 경호원의 말에 수한도 그의 입장을 깨달고 말없이 천천히 그의 앞으로 걸어갔다.

조금 전과는 다르게 너무도 침착한 수한의 걸음에 경호원은 자신도 모르게 신음성을 흘렸다.

"음⋯⋯."

수한이 한 걸음, 한 걸음 다가올 때마다 느껴지는 심적 압박이 장난이 아니었기 때문이다.

어려서부터 경호원을 꿈꾸며 각종 무술을 익힌 그는 대

한민국에 있는 경호 업체에 속한 경호원들 중 상당한 실력자로 알려져 있었다.

더욱이 그는 자신이 경호원이 되기 위해 도움이 될 것이라 생각해 군대도 특수부대에 지원하여 다녀왔다.

즉, 어중이떠중이로 겉멋이 들어 경호원이 된 게 아닌, 진짜배기 경호원이었다.

그러니 지금 수한이 방사하고 있는 기운을 느낄 수 있는 것이기도 했다.

한편 자신이 기운을 운용하며 다가가고 있는데, 그것을 잘 버티고 있는 김장근의 경호원을 다시 보게 된 수한이다.

'호…… 천하가드 아저씨들 말고 여기서 진짜배기를 보게 되네.'

정말이지 수한은 순수하게 감탄했다.

미국 유학 생활과, 천하가드를 알게 되면서 많은 경호원들을 보았다.

그리고 천하가드 소속의 경호원들과 다른 경호원들의 수준 차이를 알게 되었다.

지금 천하가드에 속하는 경호원들 못지않은 사람을 보게 되자 감탄을 하였다.

그렇지만 그렇다고 어물쩍 넘어갈 수는 없었다.

그 또한 제압을 해야 자신을 이곳에 부른 김장근을 징치할 수 있었기 때문이다.

그런 생각이 머릿속에 들자 바로 행동에 나섰다.

괜히 어물거리다 김장근을 놓칠 수도 있기 때문이다.

아무리 증거를 가지고 있어도 김장근의 행동으로 봐선 자신의 역량을 이용해 사건을 무마할 수도 있다는 생각에 오늘 이곳에서 일을 끝내기로 했다.

타닥, 탁! 쿵!

수한이 접근을 하자, 앞으로 나섰던 경호원은 결코 자신이 쉽게 볼 상대가 아님을 알기에 먼저 공격을 하였다.

하지만 선수를 취했다고 하지만, 수한에게는 그의 수는 빤히 다 보였다.

그렇기에 간단하게 경호원의 공격을 막고, 가까이 붙어 가슴에 짧고 강한 공격을 하였다.

일명 심장치기라는 복싱의 기술이었다.

이런 공격을 허용하게 되면 순간적으로 심장마비가 와 숨을 쉴 수가 없다.

물론 무척이나 위험한 기술이긴 하지만, 수한이 이 모든 것을 통재할 수 있었고 또 짧은 순간이기에 생명에는 지장이 없었다.

마지막 경호원까지 처리한 수한은 도망치기 위해 승용

차에 오르는 김장근의 뒷덜미를 잡아챘다.

쿵!

뒷덜미를 잡아채 뒤로 던져진 김장근은 공중에 붕 떠 3m를 날아갔다.

"윽!"

뒤로 날아가 굴러 떨어진 김장근은 짧은 비명을 지르며 기절을 하였다.

"뭐 이런 경우가 다 있어?"

기절한 김장근의 모습에 수한은 할 말을 잃었다.

조금 전까지 그렇게 큰소리를 치던 김장근인데, 정작 손도 쓰기 전 나가떨어져 기절한 모습에 맥이 풀리고 말았다.

그런 김장근의 모습을 본 수한은 더 이상 손을 쓰는 것도 포기하고 전화기를 꺼내 경찰서에 전화를 걸었다.

"여보세요."

전화를 한 지 10분도 되지 않아 현장에 도착한 경찰에 의해 김장근과 그가 사주한 폭주족들이 모두 연행이 되었다.

물론 수한도 신고 당사자로서 경찰서에 동행을 하였다.

다만 이 때문에 누나와의 저녁 약속은 조금 늦어지게 되었다.

"여보세요, 매니저님. 제가 갑자기 일이 생겨서 좀 늦을 것 같으니 먼저 식사하고 계세요."

수한은 파이브돌스의 매니저인 유한상에게 전화를 걸어 약속 시간보다 좀 늦을 것 같다는 연락을 하였다.

6시에 퇴근을 하고 유한상과 통화를 하여 저녁 약속을 잡았다.

그 중간에 김장근의 사주를 받은 폭주족과 함께 이곳까지 오느라 시간을 허비하고, 또 그 일당을 경찰에 신고하기까지 시간적 여유가 있었다. 하지만 경찰서에서 조사를 받고 나면 약속시간에 늦을 수도 있었기에 양해를 구한 것이다.

자신이 먼저 약속을 잡아 놓고 늦게 가면 실례이기 때문에 미리 연락을 하고 양해를 구했다.

웅성웅성, 경찰서는 무척이나 소란스러웠다.

"신고하신 분 맞습니까?"

"예, 제가 신고한 사람입니다."

수한은 경찰이 묻는 대로 대답을 해 주었다.

"이름이 어떻게 되십니까?"

경찰은 신고한 수한의 이름부터 직업과 관련된 신상에 관해 질문을 하고 또 피의자인 김장근 하고의 관계도 물었다.

"그럼 일신제약 김장근 전무와는 어떤 관계입니까?"

"오늘 처음 보는 사람입니다."

"그게 말이 됩니까? 사실대로 말씀해 주십시오."

질문을 하던 형사는 처음과 다르게 김장근의 신분을 알게 되자 조금 다른 반응을 보이기 시작했다.

"일신제약이라면 대기업인 일신그룹 계열사이고, 또 그곳 전무라는 확실한 신분을 가지고 있는 사람인데, 일면식도 없는 사람을 납치 유인 하고, 사람을 시켜 위해를 가하기 위해 사주를 했다는 거야?!"

급기야 조사를 하던 경찰은 수한에게 반말을 하였다.

"지금 뭐하자는 것입니까? 저 사람의 직업이 뭐건 내가 오늘 처음 보는 것이 맞기에 처음 본다고 말했는데, 이게 무슨 짓이죠?"

수한은 자신에게 반말을 하는 경찰을 보며 경고를 하였다.

경찰은 수한의 어린 모습과 또 김장근의 일신제약 전무라는 사회적 직위를 알고는 수한에게 잘못이 있다 미리 짐작을 하고, 지금까지 조사를 꾸미던 것을 치우고 새롭게 조서를 작성하였다.

그러면서 신고를 하고 참고인 조사를 위해 조사를 하던 수한을 마치 폭주족과 한패인양 몰아붙이는 것이다.

이에 수한은 지금 자신에게 참고인 조사를 하던 경찰을 노려보았다.

"경고하는데, 조사 똑바로 하십시오. 후회하지 마시고."

자신의 앞에 앉은 경찰에게 경고를 하였다.

"뭐, 지금 너 뭐라고 했어? 이게 좋은 말로 하니 경찰이 우습게 보여?!"

오히려 자신에게 경고를 하는 수한의 모습에 화가 난 경찰이 갑자기 고함을 질렀다.

그런 경찰의 큰소리에 경찰서 안은 순식간에 조용해지며 모든 시선이 집중이 되었다.

하지만 아직까지 사태를 인식하지 못한 그는 앞에 편안한 자세로 앉아 있는 수한을 노려보았다.

◆　　　◆　　　◆

겨레 일보 기자인 차화연은 뉴스거리를 찾아 경찰서를 찾았다.

경찰서는 언제나 사건사고가 많은 곳이니 특종은 아니더라도 뉴스거리 하나는 건질 수 있을 것이라 생각하며 경찰서에 들어섰다.

평소 안면이 있는 형사 1과로 향했다.

그런데 평소와 다르게 경찰서 내부가 무척이나 조용했다.

'무슨 일이지? 대한민국에 사건이 없을 수가 없는데, 왜 이렇게 조용한 것이지?'

이상한 생각이 든 차화연 기자는 조용히 형사 1과 문을 열고 들어갔다.

그런데 그녀의 눈에 요상한 광경이 눈에 뛰었다.

'어? 저 사람은……'

차화연의 눈에 많은 사람들의 시선이 모이는 곳에 있는 남자의 얼굴이 한눈에 들어왔다.

얼마 전 대한민국을 떠들썩하게 했던 돌아온 천재의 이야기는 그녀의 머릿속에 아직 남아 있었다.

'천하그룹 회장의 손자가 왜 경찰서에 있는 거지? 그리고 이 형사님은 무엇 때문에 천하그룹 회장의 손자에게 화를 내는 거야?'

비록 자신이 연예부 기자가 아니라 당시 기자회견장에 직접 간 것은 아니지만 동료 연예부 기자에게 듣기로 정수한이라 알려진 그 남자는 무척이나 이지적이고 예의 바른 사람이었다고 했다.

그런 사람이 경찰서에 있는 것도 이상한데, 그가 앉아 있는 모습이나 화를 내고 있는 경찰의 모습, 그리고 주변에 있는 경찰과 피의자들 모두가 시선을 집중하고 있는 것이 이해가 가지 않았다.

그래서 그녀는 마침 눈에 다른 신문사 기자가 눈에 뛰자 옆에 가서 살짝 물었다.

"김 기자, 무슨 일인데 이렇게 삭막해?"

차화연은 아직까지 넋 놓고 쳐다보고 있는 김상현 기자에게 물었다.

한편 갑작스러운 큰소리에 소리가 들린 곳에 집중을 하고 있던 김상현은 갑자기 나긋나긋한 목소리가 들리자 깜짝 놀랐다.

"에구머니나!"

"뭐, 뭐야! 뭔데 그렇게 놀라?"

깜짝 놀라는 김상현의 반응에 질문을 했던 차화연도 깜짝 놀라며 눈을 동그랗게 떴다.

"휴, 차 기자. 좀 인기척 좀 내고 다니자! 깜짝 놀랐잖아! 그런데 무슨 소리야?"

김상현은 차화연에게 작게 타박을 하고 물었다.

그런 김상현의 질문에 차화연은 다시 자신의 궁금증을 물었다.

"아니, 지금 무슨 일인데 여기 실내가 이렇게 삭막하냐고. 그리고 저기 이 형사는 무슨 일인데 저 사람을 노려보는 거야?"

차화연이 자신의 궁금증을 조리 있게 물어 오자 그제야 김상현은 조금 전 있던 일을 들려주었다.

"그게 말이야……."

한참 김상현에게 조금 전 어떤 일이 이곳에서 벌어졌는지 알게 된 차화연은 기가 막혔다.

그러면서 뭔가 특종의 냄새가 나는 것이 그녀의 촉을 건드렸다.

'호……! 이것 봐라? 이거 잘만 쓰면 특종을 하나 건질 수 있을 것 같은데?'

차화연은 특종을 하나 건질 수도 있을 것 같다는 생각이 들었다.

그동안 특종 하나 못 가져온다고 그녀를 구박하던 편집장의 얼굴이 눈앞에 아른거렸다.

'후후, 기대하시라! 내가 특종을 가져가도 그럴 수 있는지 두고 보겠습니다.'

속으로 칼을 갈던 차화연은 모든 사람들의 시선이 집중된 중심으로 걸어갔다.

"이 형사님! 안녕하세요. 그런데 무슨 일인데 이렇게 분위기가 살벌해요?"

넉살 좋게 이해인 경사에게 인사를 하며 질문을 던졌다.

그런 차화연의 인사에 이해인 경사는 순간 흠칫했다.

"차 기자가 여긴 어쩐 일이야?"

"저야 사건이 있는 곳이면 어디든 가야 하는 기자 아닙니까? 무슨 일이에요? 여기 이분은 무슨 일로 여기 있는 거예요?"

차화연은 자신의 인사에 반응을 하는 이해인 경사의 모습에 슬쩍 시선을 수한에게 주고는 물었다.

"아, 아무것도 아니야. 그저 참고인 조사를 하는 중이야."

이해인 경사는 얼른 표정을 바꾸며 말을 하였다.

하지만 차화연은 이해인 경사의 말에 속지 않았다.

자신이 본 모습은 절대로 참고인 조사 정도로 보이는 장면이 아니었기 때문이다.

한편 새로 나타난 인물로 인해 분위기가 반전이 되자 수한은 눈이 반짝였다.

'호, 기자란 말이지?'

단발머리에 코는 오똑하고 눈꼬리와 입꼬리 살짝 올라간 것이, 꾸미지는 않았지만 미인이며, 또 말하는 것을 보니 애교도 있으며, 자신이 미인인 것을 이용할 줄도 아는 여우였다.

그러면서도 눈동자의 초점이 흐리지 않고 대상을 직시

하는 것을 보니 강단도 있어 보였다.

이에 차화연이란 기자를 이용하기로 결심을 했다.

그녀의 가슴을 보니 경찰서 출입을 하기 위한 기자증을 목에 걸고 있어 이름을 알 수 있었다.

"아, 기자님이세요? 그럼 기자님, 제가 질문 하나 해도 될까요?"

수한은 차화연을 보며 말을 걸었다.

그러자 마침 지금 일어나고 있는 일에 대하여 알고 싶었던 차화연은 얼른 수한의 말을 받았다.

"무엇이 궁금하신가요? 제가 알고 있는 일이라면 알려 드릴게요."

차화연의 말이 떨어지기 무섭게 수한은 이해인 경사가 말리기도 전에 그녀에게 질문을 하였다.

"사건을 신고하였습니다. 참고인 조사를 해야 한다고 해서 협조를 위해 경찰서에 왔는데, 참고인 조사를 하던 중 피의자의 신분이 대기업 계열사 간부라는 것 때문에 오히려 저를 범인으로 몰아가려는 저분을 어떻게 대해야 할까요?"

수한은 말의 내용과 다르게 아주 느긋한 표정으로, 입가에는 여유 있게 미소까지 머금고 물었다.

그런 수한의 질문에 순간 차화연은 대답을 하지 못하고 옆자리에 있는 이해인 경사를 돌아보았다.

차화연이 돌아보자 이해인 경사의 표정이 더욱 좋지 못하게 찡그려졌다.

"제가……."

이해인 경사가 변명을 하려고 하자 수한은 손을 들어 막았다.

주객이 전도된 듯했다. 지금 벌어지고 있는 일은 있을 수 없는 일이지만, 경찰인 이해인 경사는 자신의 직장인 경찰서에서 수한의 분위기에 압도되어 삥긋도 못하였다.

"폭주족을 동원해 저를 위협하고, 또 폭행을 가하려던 저기 일신제약의 전무가 신분이 확실하다는 이유로 저에게 큰소리를 친 여기 이해인 형사님에게 전 뭐라고 말을 해야 할까요?"

계속되는 수한의 질문에 차화연은 그제야 지금 이곳에서 벌어지고 있는 일의 내막을 짐작할 수 있었다.

대한민국 사람들은 물론이고 여기 경찰들도 어떤 고정관념에 빠져 일을 처리할 때가 있었다.

일반인들 보다는 직장이 확실한 사람, 그리고 일반적으로 작은 규모의 직장 보다는 큰 기업에 다니는 직장인, 그리고 낮은 직급 보다는 높은 직급에 있는 사람들의 말을 신뢰하는 경향이 있었다.

어떤 근거에 의해 그런 판단을 하는 것이 아니라 그저

직급이 높으니 거짓을 말하지 않을 것이란 맹목적인 믿음이 있기 때문이다.

지금도 피의자가 대기업 계열사에 다니고, 직급도 아주 높은 전무란 사실을 알게 됨으로써 눈앞에 있는 젊은, 아니, 어리다고 표현하는 것이 맞을 정도의 청년의 말을 신뢰하지 않은 이해인 경사의 태도가 문제가 된 것이다.

사실 차화연도 수한의 신분을 알고 있기에 객관적으로 볼 수 있는 것이지, 수한의 신분을 몰랐다면 아마 그 말이 사실이라고 해도 이렇게 쉽게 믿지는 않았을 것이다.

일반적으로 김장근 같이 성공한 남자가 무엇 때문에 이제 갓 사회에 진출할 만한 나이의 어린 청년을 폭주족을 이용해 폭력을 행사했다는 말을 믿겠는가.

한편 이해인은 지금 자신이 실수를 했다는 것을 깨달았다.

분명 자신이 현장에 출동하기 전 신고 접수를 받았을 때, 젊은 청년이 신고를 하였고, 또 그의 이름을 들었다.

젊은 수한의 모습에 현혹이 되어 오판을 하였다는 것을 시간이 지나 흥분이 가라앉자 이제야 생각이 난 것이다.

"여기 정수한 씨가 어디 계신가요?"

이해인이 한참 자신의 실수에 대한 반성을 하고 있을 때, 누군가 참고인 조사를 하고 있는 사람의 이름을 부르자 고개를 돌렸다.

고개를 돌린 그의 눈에 깔끔하고 지적으로 보이는 남자가 서 있었다.

40대 초반으로 보이는 그 남자는 금테 안경을 쓰고 있었는데, 단정하게 머릿기름을 발라 넘긴 머리의 모습과 너무도 잘 어울려 보였다.

"누구시죠?"

이해인은 참고인 조사를 받고 있는 정수한의 이름을 거론하는 남자의 모습에 조심스럽게 물었다.

"천하그룹 법률팀에 있는 주병진 변호사라고 합니다."

주병진 변호사는 대답을 하며 명함첩에서 명함을 꺼내 이해인에게 주었다.

엉겁결에 명함을 받아 든 이해인은 명함과 주병진 변호사의 얼굴만 말없이 쳐다보았다.

"안녕하십니까? 법률팀에서 온 주병진이라고 합니다. 도련님을 뵙게 되어 영광입니다."

이해인 경사에게 명함을 준 주병진 변호사는 그의 옆에 있는 수한을 보며 고개를 숙이며 인사를 했다.

그런 주병진 변호사의 태도에 이해인의 정신은 아득히 날아가고 말았다.

천하그룹 법률팀이면 대한민국에서도 열 손에 꼽는 전

문 변호사 단체였다.

하지만 천하그룹에 관한 일만 전담하기에 자주 신문지 상에 오르지는 않았다.

다만 그 구성원들의 이력이 아주 화려했기에 그쪽 방면에서는 다들 인정하는 이들이었다.

지금 수한의 앞에 있는 주병진 변호사만 해도 하버드 로스쿨에서 우수한 성적으로 수료를 하고, 또 미국의 대형 로펌에서 승률 90%라는 엄청난 업적을 올렸다.

그리고 잘나가던 때 갑자기 천하그룹 법률팀으로 이직을 하였다.

천하그룹 법률팀으로 직장을 옮기고 그는 담당했던 재판에서 지금까지 100%의 승률을 쌓고 있었다.

차화연 기자는 옆에서 주병진 변호사의 이야기를 듣고 이미 그가 누구인지 금방 눈치챘다.

'무슨 일이기에 주병진 변호사까지 이 자리에 나타난 거지?'

차화연은 분명 조금 전 정수한이 참고인 조사만 한다고 들었다.

그런데 피의자도 아니고 참고인 조사를 하는데 무엇 때문에 변호사가 나타난 것인지 의문이 들었다.

"저, 저기 정수한 씨는 겨우 참고인 조사만 받는 걸로 알고 있는데, 주병진 변호사님은 이곳에 어쩐 일이세요?"

"누구시죠?"

"예, 저는 겨레 일보의 차화연 기자라고 합니다."

차화연은 궁금증을 참지 못하고 변호사에게 질문을 하였고, 그런 차화연의 질문에 주병진 변호사는 그녀의 신분을 물었다.

그리고 차화연은 당연하게도 자신이 겨레 일보의 기자란 것을 밝혔다.

차화연이 기자라는 것을 알게 되자 주병진 변호사는 잠깐 수한의 얼굴을 돌아보았다.

자신이 부른 주병진 변호사가 차화연의 신분을 알고 자신에게 시선을 주자 수한은 고개를 끄덕여 보임으로써 허락을 하였다.

이미 이곳에 오기 전 주병진은 수한에게서 사건의 전말을 전해 들었다.

그리고 이번 일의 증거까지 모두 확보해 두었다는 이야기까지 듣게 되었다.

모든 것이 준비된 상태에서 적을 파멸시키는 것은 땅짚고 헤엄치는 것보다 더 쉬운 일이다.

수한의 허락이 떨어지자 주병진 변호사는 사건의 전말에 대하여 대략적인 것만 들려주었다.

괜히 너무 깊은 것까지 알려 주었다가는 공권력과 척을 질 수도 있는 문제이니, 그것은 정식으로 고발장을 제출하고 나중에 알려도 되는 문제였다.

하지만 기자들의 머리는 대략적인 내용만으로도 충분히 그 안에서 사건의 핵심을 찾아내 기사로 쓸 수 있었다.

차화연은 생각지도 못한 곳에서 특종을 캐냈다.

'대박! 일신그룹 계열사 전무가 천하그룹 회장의 손자를 납치 폭행하려다 경찰에 붙잡혔다는 말이지? 호호호, 어젯밤 꿈에 낡은 화장실에 빠지더니 내가 돈벼락을 맞겠구나!'

차화연은 두 눈이 반짝였다.

겨레 일보는 기자들에게 취재 의지를 고취시키기 위해 기사에 상금을 걸고 있었다.

뉴스의 등급에 따라 상금의 액수도 차등 지급하는데, 조금 전과 같이 전 국민이 관심을 보일 만한 뉴스라면 상당한 액수의 상금을 주었다.

"여보세요? 편집장님, 내일 조간 일 면에 제 것이에요!"

차화연은 경찰서를 나와 급하게 편집장에게 전화를 걸었다.

그러면서 경찰서 주차장에 세워 둔 자신의 낡은 경차에 올라타 액셀을 밟았다.

부웅!

비록 낡긴 하였지만 차화연의 애마는 힘차게 경찰서를 빠져나갔다.

차화연의 차가 경찰서를 빠져나가고 얼마 지나지 않아 수한도 변호사인 주병진과 함께 경찰서 현관을 나섰다.

"이번 사건은 주 변호사님이 확실하게 챙겨 주십시오."

"알겠습니다. 자신의 직위를 이용해 경쟁 기업을 위기에 처하게 한 부도덕한 일과, 자신의 음모가 실패하자 도련님을 음해하려던 그자를 꼭 죄의 대가를 치르게 만들겠습니다."

"알겠습니다. 전 그렇게 믿고 누나와 약속이 있어서 이만 가보겠습니다."

"예, 뒷일은 제게 맡기시고 일 보십시오."

주병진은 수한이 약속이 있어 이만 가보겠다는 말을 하자 자신에게 맡겨 두라는 말을 하였다.

"네, 그럼 부탁드립니다."

수한은 주병진의 말을 듣고 경찰서를 빠져나갔다.

경찰서에서 이해인 경사와 실랑이를 벌인 것 때문에 약속 시간까지 조금은 빠듯했기 때문에 조금은 빠르게 운전을 하였다.

2.
라이프제약의 신제품

대한민국이 겨레 일보에서 터뜨린 뉴스로 시끄러워지기 시작했다.

이전부터 거대 기업들의 임원들의 횡포는 대한민국 국민들을 분노케 했었다.

그런데 이번에는 그 정도가 너무도 심해 쉽게 잠잠해지질 않았다.

그도 그럴 것이 잘나가는 제약회사를 몇몇 부도덕한 병원과 짜, 매출 규모를 늘리게 만들었다.

거기까지면 지탄을 받기보다는 오히려 칭찬을 했을 것이지만, 사건을 일으킨 대기업 계열사 간부는 그에 그치지 않고, 제약회사가 갑자기 늘어난 계약으로 인해 공장의 규모를 확장하게 만들었다.

물론 회사의 역량도 계산하지 않고 덥석 계약을 한 제약회사의 잘못도 있지만, 그것도 제약회사와 병원과의 관계를 알게 된다면 제약회사만 욕할 수도 없었다.

납품 하나를 할 때마다 각종 커미션을 요구하는 병원의 행태에 제약회사는 어쩔 수 없이 따를 수밖에 없다.

이번 문제도 그렇다.

병원에서 수량을 요구하니 제약회사는 자신들의 역량을 넘는 일을 무한 경쟁 구조에서 살아남기 위해서 어쩔 수 없이 받아들일 수밖에 없었다.

그렇다고 거래처인 병원의 요구를 거절했다가는 소문이 안 좋게 퍼질 수 있기 때문이다.

한국 의사 협회나 병원장 협회에 그런 소문이라도 나게 되면 납품하던 병원과도 계약해지를 할 수 있다.

그러니 제약회사로서는 병원의 요구에 따른 것뿐이다.

그런데 이 모든 것이 특정 제약회사를 흔들기 위해 음모를 꾸민 것이고, 그에 그치지 않고 은행에도 모기업의 힘을 이용해 제약회사에서 대출을 받을 수 있는 길을 막아 버렸다.

뿐만 아니라 제3금융권에는 제약회사가 부도가 날 것이

란 거짓 소문을 퍼뜨렸다.

자신들이 방해를 해서 제약회사를 위기에 처하게 만들고서 제약회사의 주가를 곤두박질치게 만들었다.

그런데 사람들이 더욱 그 뉴스에 분노하는 것은 그 이유가 자신들과 협력 관계를 맺고 있는 일본의 대형 제약회사의 한국에 지사 설립을 돕기 위해서라고 하니 흥분을 하는 것이다.

오랜 시간이 흘렀지만 과거 대한민국의 국민들의 기억속에는 일제강점기의 기억을 가지고 있는 사람들이 있었다.

그리고 그분들의 자식들은 부모의 힘들었던 과거를 들으며 자랐다.

그러다 보니 많이 좋아지긴 했으나 아직도 일본이라면 살짝 색안경을 쓰고 보는 경향이 있었다.

그도 그럴 것이 아직도 과거 잘못을 반성하지 못하고 독도가 자신들의 땅이며 대한민국이 자신들의 땅을 강제로 점유하고 있다 떠들고 있는 이들이 있으니 당연할지도 모르겠다.

그럼에도 일부 한국인들 중에는 일본을 찬양하는 어처구니없는 이들도 있기는 하지만 말이다.

아무튼 일본 제약회사를 위해 같은 나라 사람이 운영하

는 정상적인 회사를 음모를 통해 부도 위기에 빠뜨리고 그것을 일본 제약회사에 넘기려 한 것이다.

차라리 자신들의 회사를 넘길 것이지 왜 다른 사람의 멀쩡한 회사를 그렇게 한 것인지 국민들은 이해를 하지 못했다.

그런데 그뿐만이 아니다.

위기에 처한 제약회사를 젊은 사내가 인수를 하였다.

한마디로 죽 써서 남을 준 격이 되었다.

일은 그때부터였다. 위기에 처한 회사를 마침 제약회사의 어려움을 알게 된 청년이 투자를 하고 제약회사를 인수한 것이다.

이에 분노한 간부는 깡패를 동원하여 테러를 하려 하였지만, 무슨 이유에서인지 깡패들이 간부의 의뢰를 거절하자 다음에는 일없이 바이크를 타고 몰려다니며 각종 문제를 일으키는 폭주족들을 이용해 납치, 유인을 하여 폭행을 하려고 하였다.

이것이 사건의 전말이었다.

정말로 어처구니없는 일이 아닐 수 없었다.

음모를 꾸며 타인을 위해하려 하였다가 실패를 하자, 보복을 위해 깡패를 동원하고, 또 폭주족을 동원한, 그 대기업 계열사 간부에 대한 국민들의 분노는 어마어마하였다.

뉴스가 보도되고 금방 속보로 TV를 통해 방송이 되었다.

뉴스에 잠깐 얼굴이 비쳐졌지만 그 간부의 신상은 금방 인터넷을 통해 순식간에 퍼졌다.

더욱이 이 뉴스가 나가고 해외 각종 언론들도 이 문제를 대서특필 하였다.

그 때문에 다시 한 번 한국인들에 대한 부정적 인식은 물론이고, 국가의 격을 떨어뜨리게 되었다.

◈　　◈　　◈

"철수해!"

"사장님! 이미 준비가 끝났습니다."

쾅!

"당신! 지금 상황이 어떤지 파악이 안 되나? 지금 한국인들이 저렇게 벌떼 같이 들고 일어난 지경인데, 그런 상황에서 지사를 설립하자고?"

대동아제약 주식회사 사장 아키야마는 눈을 부릅뜨고 자신의 책상을 주먹으로 내려치며 소리쳤다.

화를 내는 아키야마 사장의 모습에 하야시 상무는 굳은 표정으로 고개를 숙였다.

한참 화를 내던 아키야마 사장은 시간이 흐르고 화가 좀 가라앉자 차분히 하야시 상무에게 말을 하였다.

"이사회에도 이 일이 조만간 알려질 것이니, 하야시 상무는 당분간 자숙을 하고 있도록 하시오."

"자숙이라면……."

자숙을 하라는 사장의 말에 하야시는 조심스럽게 물었다.

그런 하야시 상무의 질문에 아키야마 사장은 책상에서 비행기 티켓을 꺼내 주었다.

"당분간 인도네시아지사에 지사장으로 있으시오."

하야시 상무의 얼굴도 보지 않고 아키야마 사장은 그에게 인도네시아지사에 가라고 하였다.

미국이나 유럽지사도 아니고, 겨우 동남아시아에 있는 인도네시아의 지사장으로 가라는 사장의 말에 하야시는 머리가 순간 팅 했다.

비록 자신이 한국에 지부를 설립하는 과정에서 많은 예산을 허비하기는 했지만, 결국에는 지사 설립 기반을 마련하지 않았는가.

그런데 고작 조그만 사건 하나, 그것도 자신과는 상관없는 일에 책임을 지고 인도네시아지사로 좌천을 받아야 한다는 것이 무척이나 충격이었다.

더욱이 자신은 아키야마 사장이 지금의 자리에 오르기까지 몸과 마음을 다해 충성을 다했다.

고사(古事)에 토사구팽이라고 했던가.

하야시 상무의 머릿속이 무척이나 복잡하게 얽혔다.

'날 버리겠다는 말인가? 아니야, 이렇게 끝날 수는 없어!'

눈앞에 보이는 비행기 티켓을 내려다보며 하야시 상무는 많은 생각이 들었다.

그리고 이렇게 끝날 수 없다는 생각을 하였다.

그러다 문득 자신이 이렇게 된 것이 모두 일신제약의 김장근 전무 때문이란 생각이 들었다.

뿐만 아니라 그와 더불어 김장근과 자신이 꾸몄던 일을 가로채 원인을 만든 수한의 얼굴이 가장 크게 떠올랐다.

'그래, 이게 다 그놈 때문이야! 다 차려 놓은 밥상을 가로챈 죽일 놈!'

어느새 하야시의 뇌리에는 수한의 얼굴이 박혔다.

하야시 상무가 그렇게 자신만의 생각에 잠겨 있을 때, 아키야마 사장은 인상을 찡그리며 그를 깨웠다.

"무슨 생각을 그리하나! 알았으면 그만 나가 봐!"

"알겠습니다, 그럼 인도네시아지사에 가 있으면 되는 것입니까?"

"그래, 뒷일은 내가 처리할 것이니 자네는 인도네시아에서 몇 년 조용히 지내."

"알겠습니다. 그럼 다시 뵐 때까지 안녕히 계십시오."

더 이상 아키야마 사장에게서 자신이 구원받을 어떤 대답이 나올 것 같지 않자 수긍할 수밖에 없던 하야시 상무는 대답과 함께 인사를 하였다.

그런 하야시 상문의 말에 아키야마 사장은 말없이 손짓을 하였다.

그만 밖으로 나가 보라는 소리였다.

하야시 상무는 아키야마 사장의 그런 모습에 조금 전 수한을 떠올리며 가졌던 분노를 이번에는 아키야마 사장을 향했다. 그는 사장실을 나서며 차갑게 눈빛을 빛냈다.

'아키야마 사장, 날 이렇게 쳐 낸 것을 후회하게 만들어 줄 것이다.'

밖으로 나온 하야시 상무는 고개를 돌려 자신을 기다리고 있던 료코에게 시선도 주지 않고 걸어갔다.

"료코."

"예, 상무님."

하야시의 부름에 료코는 바로 대답을 하였다.

그런데 정작 료코를 불렀던 하야시는 잠시 말을 하지 않았다.

하지만 그것도 잠시 뭔가 결심을 한 것인지 차분하게 입을 열었다.

"흠, 방금 사장실에서 사장님께서 나에게 인도네시아지사로 가라고 하셨다."

"예? 그게 무슨 말입니까? 상무님은 이미 한국에 설립되는 한국지사에 가시기로 내정되시지 않았습니까? 더욱이 인도네시아 지부는 이미 거쳐 온 곳 아닙니까?"

료코는 지금 하야시 상무의 말이 믿기지 않았다.

하야시 상무가 한국에서 지부를 설립하는 일을 총괄하게 된 것도 사실 그가 새로 설립되는 한국지사의 지사장으로 내정되었기 때문이었다.

더군다나 인도네시아지사장으로 지내다 3년 전에 일본 본사로 돌아왔다.

이제는 전무로 승진만 남아 있었고, 그것도 한국지사장으로 가면서 승진을 하기로 되어 있었다.

그런데 일반 이사급이나 가는 동남아지사로 전무 진급자가 나간다는 것이 료코는 믿기지 않았다.

더더욱이나 그렇게 되면 한국지사에는 누가 지사장으로

간다는 말인가?

"그럼 한국지사는……."

그렇게 고생을 해 겨우 한국지사 설립을 목전에 두고 있었는데, 엉뚱하게 인도네시아지사로 파견을 가야 한다는 하야시의 말이 믿을 수 없어 그럼 한국지사는 어떻게 되는 것인지 물었다.

"그건 보류하기로 결정되었다."

료코도 하야시 상무가 본사의 호출을 받고 일본으로 돌아올 때 이상한 기분을 느꼈다.

전문직 비서이기에 자신의 상관을 보좌하기 위해 각종 뉴스를 빼먹지 않고 체크를 하고 있었다.

일본은 물론이고, 곧 자신이 활동을 해야 할 한국의 뉴스도 놓치지 않고 모두 보고 있었다.

그중 자신이 다니는 대동아제약 주식회사의 협력사이며, 얼마 전까지만 해도 자주 만나며 업무 협약을 했던 김장근이 누군가를 테러하기 위해 폭주족을 동원했다가 경찰에 붙잡힌 뉴스를 보았다.

그가 경찰서에 있다는 뉴스를 접하고 잠깐 놀라긴 하였지만 별로 신경 쓰지는 않았다.

물론 상관인 하야시 상무에게 보고는 하였다.

그런데 그것에 관해 깊은 생각은 하지 못했는데, 이런

결과가 나오니 료코로서도 참담한 생각이 들었다.

"그래서 그런데 료코는 어떻게 할 거야?"

"어떻게 하다니요?"

료코는 하야시 상무의 질문에 어리둥절한 표정으로 물었다.

그런 료코의 질문에 하야시 상무는 조용히 그녀의 얼굴을 보며 설명해 주었다.

"료코도 알겠지만, 내 입장에서 인도네시아지사장으로 간다는 것은 좌천이나 마찬가지야. 아니, 좌천이지. 그런 나와 함께 인도네시아지사로 갈 수 있겠어?"

하야시 상무의 이야기를 듣자 그제야 방금 전 왜 그런 질문을 하게 되었는지 깨달은 료코는 입술을 깨물며 대답했다.

"제가 어떻게 하길 바라세요?"

하야시 상무의 비서이자 정부(情婦)였던 료코는 지금 하야시 상무가 무슨 결정을 하던 그에 따르기로 결심했다.

자신과 하야시 상무가 깊은 관계이긴 하지만, 영원히 그의 부인이 될 수 없다는 것을 료코는 잘 알고 있다.

하지만 그래도 하야시 상무의 곁에 남고 싶은 그녀이기에 료코는 그의 판단에 맡기기로 하였다.

료코가 어떻게 할 것인지 물었던 하야시 상무는 그녀가

자신의 결정에 따르겠다는 말을 하자 지금까지와 다르게 입가에 미소를 지었다.

"너만은 아직도 날 믿어 주는구나."

사실 료코가 자신을 어떻게 생각하고 있는지 하야시 상무도 알고 있었다.

그도 자신의 아내 보다는 비서인 료코와 궁합이 더 잘 맞는다는 것을 느끼고 있었다.

하지만 그렇다고 지금의 부인과 이혼을 하고 료코와 재혼을 할 수도 없는 입장이다.

자신의 성공을 위해선 아내와 이혼은 절대로 안 된다.

자신이 비록 인도네시아로 좌천이 되어 지사장으로 가게 되었지만, 아내와 이혼을 하지 않으면 언젠가는 다시 재기할 수 있었다.

그렇기에 자신은 회사의 결정대로 인도네시아로 가겠지만, 비서인 료코는 어떻게 할 것인지 아직 결정을 할 수가 없었다.

지금이야 료코가 개인 비서이지만, 그녀는 매우 우수한 인재이기도 했다.

그녀가 본사에 남겠다고 한다면 자신은 그녀를 붙잡을 수가 없었다.

그런데 지금 자신의 결정에 따르겠다는 말을 듣고 무척

이나 기뻤다.

비록 좌천되어 권력의 핵심에서 멀어지기는 하지만, 위안을 삼을 수 있는 한 가지를 얻게 되었기 때문이다.

"그렇게 이야기를 해 주니 고맙군. 그런 난 료코가 나와 함께 인도네시아로 가는 것으로 알겠어."

"예, 인도네시아에서도 제가 상무님을 수행하겠습니다."

"그래, 그럼 일단 한국에서 바로 회사로 들어와 피곤할 테니 들어가서 인도네시아로 갈 준비를 해."

"알겠습니다, 그럼 저 먼저 나가 보겠습니다."

하야시 상무는 기쁜 마음에 지시를 하였다.

다른 때 같으면 그런 하야시 상무의 말에 비서로서 함께 퇴근하겠다고 했을 그녀였지만 오늘은 그렇지 않았다.

그녀 또한 마음속으로 정리할 것이 있었기 때문이다.

료코가 나가고 하야시 상무의 눈빛이 조금 전과는 다르게 차갑게 빛났다.

상처를 입은 맹수가 자신의 몸에 상처를 입힌 상대에 대하여 복수를 다짐이라도 하듯 그렇게 차가운 눈빛으로 그의 시선이 어딘가를 향하였다.

딸깍!

"여보세요."

조용히 무언가를 생각하던 하야시는 어떤 결심을 했는지 입매를 굳게 다물고 어디론가 전화를 하였다.

◈　　　◈　　　◈

"넌 어떻게 된 게, 사건 하나 잘 마무리 하나 싶었는데, 또 이런 일이 벌어지냐?"

루나는 수한의 앞에 오늘 발행된 신문을 들이밀며 그렇게 말했다.

그런 루나의 행동에 수한은 말도 하지 못하고 쓰게 웃어 보였다.

"그래, 수한아. 이참에 그냥 액땜 굿이나 한번 하자!"

루나의 말에 꿀 먹은 벙어리마냥 대답을 하지 못하고 당황해하는 수한의 모습에 레이나는 재미있다는 듯 장난스럽게 말을 하였다.

"굿! 야, 그런 것 다 미신이야. 차라리 나랑 같이 교회나 가자!"

레이나의 말에 미나는 정색을 하며 말했다.

열렬한 기독교 신자인 미나에게 굿이란 것은 악귀의 놀음이나 마찬가지인 것이다.

말도 되지 않는 헛소리로 사람을 현혹하는 일이기에 절

대로 가까이 해선 안 되는 죄악이라 생각하고 있었다.

"미나야, 제발 너도 적당히 해라. 장난으로 그런 건데, 죽자고 달려들면 난 뭐가 되냐."

레이나는 정색을 하며 소리치는 미나의 말에 그렇게 대답을 했다.

"너희 모두 조용히 해 봐! 수한이에게 할 말 있으니."

주변이 소란스러워지자 수정은 정색을 하며 주변을 정리하였다.

평소에는 멤버들의 이야기를 잘 들어 주는 큰언니 같은 모습을 보이는 수정이지만, 꼭 해야 할 말이나 리더로서 결정을 해야 할 일이 있으면 카리스마를 보여 주는 그녀인지라 모두 조용해졌다.

실내가 조용해지자 그제야 수정은 자신의 동생을 보며 물었다.

"어디 다친 데는 없어?"

조금 걱정스런 눈빛으로 자신의 몸을 살피는 누나의 모습에 수한은 쓴 웃음을 지으며 대답했다.

"그때도 말했잖아! 나 다친 곳 없다고. 자 봐!"

수한은 말을 하면서 양팔을 벌리며 제자리에서 앉아다 일어나다를 반복해 보이며 손발도 파닥여 자신의 건재함을 보였다.

그런 수한의 모습에 수정은 조금은 안심이 되었는지 고개를 끄덕였다.

"다친 곳이 없다니 다행이다. 하지만 다음부터는 네가 직접 하려고 하지 말고, 고모부에게 연락해서 도움을 청해."

"누나, 너무 걱정하지 마. 나 이래 봬도 내 몸 하나는 건사할 수 있는 사람이야. 아니, 내 주변 사람 정도는 보호해 줄 수 있는 사람이라고. 그러니 너무 걱정하지 말고 누나 일이나 좀 신경 써."

수한이 누나를 안심시키기 위해 노력을 하고 그런 말을 하자 옆에서 또 끼어드는 사람이 있었다.

"수한아, 그럼 이 누나도 보호해 줄 거야?"

레이나는 눈을 아기 고양이 눈을 하고 양손을 모으며 수정과 수한이 있는 테이블에 턱을 괴며 물었다.

"어머!"

동생과 이야기를 하고 있는데, 갑자기 눈앞에 나타난 레이나의 모습에 깜짝 놀란 수정이 비명을 질렀다.

찰싹!

놀란 수정이 아직 숨을 고르고 있을 때, 찰진 소리와 함께 레이나의 비명이 들렸다.

"아야! 루나 너!"

갑자기 자신의 등짝을 후린 사람이 누군지 깨달은 레이나는 루나를 향해 달려들었다.

그런 레이나를 피해 루나가 도망을 치자 두 사람은 쫓고 쫓기는 추격전을 좁은 실내에서 벌이기 시작했다.

"야! 너희 내가 조용히 하라고 했지!"

레이나와 루나의 추격전을 보던 수정은 참지 못하고 빽 소리를 질렀다.

그런 수정의 서슬에 추격전을 벌이던 두 사람은 얼른 멈추고 방 한쪽에 있는 의자로 가서 앉았다.

두 사람이 조용히 있자 실내는 한순간에 쥐 죽은 듯 조용해졌다.

수정은 자신의 고함소리에 루나와 레이나뿐만 아니라 예빈과 미나까지 자신의 소리에 조용히 하자 그제야 수한을 돌아보며 이야기를 시작했다.

"그래, 오늘 네가 하고자 하는 이야기가 우리 보고 제약회사 신제품의 광고 모델이 되어 달라는 말이지?"

수정은 차분하게 조금 전 수한이 자신에게 한 이야기를 하였다.

이미 고모이자 소속사 사장인 정영화에게 오늘 스케줄을 나가기 전 들은 이야기가 있기에 확인 차 물어본 것이다.

"응, 이번에 신제품이 나왔는데 그게 아주 획기적인 제품이거든. 더욱이 외상 치료제라 내가 구상하고 있는 광고 컨셉에 가장 효과적으로 나타내는 데 누나들이 가장 적당할 것 같아서."

수한은 라이프제약에서 발표하는 급속 외상 치료제를 출시하기 전 제품을 알리기 위해 광고를 하자 준비를 하였다.

물론 몇 가지 버전이 있다.

그리고 여러 편의 시리즈 광고를 찍기 위해 많은 CF모델들이 거론되었지만 그래도 대한민국에서 가장 영향력 있는 인물을 꼽으라면 현재 파이브돌스가 최고였다.

그래서 첫 광고의 모델은 파이브돌스가 낙점이 되어 수한이 나서서 협상에 나온 것이다.

물론 개인적인 친분을 이용한 것이기는 하지만, 라이프제약의 역량으로만 하는 일이라 수한 개인의 친분을 이용하지 않으면 현재 대한민국 최고인 파이브돌스와 만나기도 힘들기 때문이다.

그런 관계로 사실상 라이프제약의 주인이며 고문의 직함을 가지고 있는 수한이 직접 방송국 대기실까지 찾아와 제안을 하는 중이었다.

물론 파이브돌스의 소속사 사장인 정영화에게는 이미

긍정적인 언질을 받은 상태다.

다만 동생을 끔찍이 여기는 수정 때문에, 광고 출연에 대한 가격 협상까지 수정에게 위임하였다.

그래서 지금 수한은 누나에게 자신이 생각한 광고에 대하여 설명을 하는 중이다.

"그러니 꼭 누나들이 맡아 줘."

수정은 수한의 제안을 마음 같아서는 백 번이라도 들어 주고 싶었다.

하지만 방금 전 수한의 이야기를 들으니 광고에 자신 혼자 출연하는 것이 아니라 파이브돌스 전원이 출연을 해야 한다고 들었다.

그렇다 보니 쉽게 결정을 할 수가 없었다.

비록 자신이 리더이기는 하지만, 멤버들 각자 생각하는 것이 있을 테니 광고 출연에 다른 의견이 있을 수도 있다.

그런데 자신이 리더라고 마음대로 결정을 해 버리면 지금까지 멤버들 간의 결속에 금을 가게 할 수도 있는 문제였다.

그러니 아주 신중하게 결정을 해야 할 일이라 고민을 하지 않을 수가 없었다.

그런데 이런 수정의 고민을 무색케 하는 소리가 옆에서 들려왔다.

"어머! 지금 우리 보고 광고 제안을 하는 거야?"

"뭐? 수한이는 연구원이라고 하지 않았었나? 연구원이 광고 모델 섭외까지 하는 거야?"

수정의 호통에 한쪽에 조용히 있던 레이나와 루나가 이야기를 하고 있는 자리로 다가와 물었다.

"아, 네. 제가 제약사 하나를 인수를 했는데, 그곳에서 외상 치료에 획기적인 신제품을 이번에 출시하거든요."

"외상 치료제?"

수한이 외상 치료제라는 말을 하자 레이나가 관심이 있다는 듯 더욱 가까이 다가와 물었다.

"예, 기존의 외상 치료제보다 빠르게 회복을 시키기는 것은 물론이고, 효과도 더 뛰어나요. 누나들도 가끔 무대 등에서 미끄러지거나 넘어져 다칠 때가 있잖아요?"

수한은 레이나의 물음에 예를 들어가며 설명을 하기 시작했다.

"타박상이나 예능 프로그램을 찍다 다쳐 흉터가 나면 속상하잖아요. 다음 스케줄에도 영향이 있을 때도 있고 말이에요."

"그렇지, 그럴 때는 참 속상해. 일 때문에 어쩔 수 없이 감내하기는 하지만, 그래도 여자로서 상처가 흉터로 남으면 좀 그렇잖아?"

수한의 말에 레이나는 맞장구를 치며 호응했다.

그런 레이나의 반응에 수한도 흥이나 설명을 계속했다.

"그런데 이 외상 치료제는 따로 소독 따위를 하지 않고 현장에서 발라도 소독과 치료를 함께해요. 흉터도 남지 않고요."

"그렇게 좋은 치료제가 나온다고?"

"네, 더욱이 임상실험에서 외상뿐 아니라 화상 치료에도 기존의 제품보다 탁월한 효능을 보인다고 해요."

수한은 호응하는 레이나에게 라이프제약의 연구소에서 실험했던 결과 하나를 더 들려주었다.

라이프제약의 연구원들은 수한이 전해 준 외상 치료제 제조법과 효능에 대하여 여러 가지 실험을 하였다.

말로만 듣고는 그 효능을 100% 믿을 수가 없었기 때문이다.

정말로 수한의 말대로라면 기적이라고밖에 말할 수 없는 그런 제품인 것이다.

그래서 그 말이 사실인지 많은 환자를 대상으로 임상실험을 하였다.

그리고 얻어 낸 자료에는 주목적인 외상 치료는 물론이고, 인체에 무해한 성분이기에 수술을 할 때 기존의 긴급 응급처치 젤 보다 더 효과가 좋았다.

많은 다국적 제약회사에서 수술용 긴급 응급처치 약을 개발하고 있다. 이는 수술 도중 실수로 혈관을 다치게 했을 때, 출혈을 막기 위해 바로 혈관 주변을 도포하게 된다.

그런데 라이프제약의 신제품은 많은 양을 도포할 필요도 없고, 상처 부위에 바르기만 하면 바로 복구가 되니, 기존의 젤 제품 보다 훨씬 수술하는 데 도움을 줄 수 있었다.

뿐만 아니라 화상 치료에도 기존의 화상 치료제 보다 효과가 좋았는데, 기존의 화상 치료제는 그저 2차 감염을 막는 것에 중점을 둔 것이라면, 라이프제약의 치료제는 2차 감염을 막는 것은 물론이고 피부 세포를 재생을 도와 상처를 빠르게 회복을 시켰다.

2도 화상만 되어도 흉한 흉터가 남는데, 이 신제품은 그렇지 않았다.

꾸준히 치료만 한다면 3도 화상까지도 완치는 힘들어도 정상에 가깝게 치료가 되었던 것이다.

그 정도는 성형수술을 받으면 정상으로 돌아올 수 있었다.

그러니 이 얼마나 획기적인 제품이 아니겠는가?

이 때문에 라이프제약의 연구원들은 수한이 대체복무를

하고 있는 곳까지 찾아와 소란을 피우기도 했다.

아무튼 수한이 화상 치료까지 효능이 있다는 말을 하자 그동안 잠자코 있던 예빈이 끼어들었다.

조용하던 예빈이 이야기에 끼어든 것은 순전히 그녀의 집안에 화상 환자가 있었기 때문이다.

어릴 때 자신의 실수로 뜨거운 국을 뒤집어쓴 동생에게 무척이나 미안했다.

자신보다 더 예쁜 동생이지만, 자신의 실수로 인해 화상을 입은 동생은 여름이 와도 짧은 옷을 입을 수가 없었다.

팔과 허벅지에 큰 화상 자국이 있기 때문이다.

예빈은 그 때문에 휴가 기간에도 집을 자주 찾지 않았다.

휴가라고 집에 가면 동생을 봐야 하는데, 그건 동생이나 예빈 본인이나, 무척 가슴 아팠기 때문이다.

22살의 한참 피어나는 때이지만 화상 때문에 사시사철 긴팔 긴 바지의 어둡고 칙칙한 옷만 입고 있으니 답답도 하고, 미안하기도 해 더욱 가지 못했다.

그런데 화상을 치료할 수 있다는 소리에 귀가 솔깃한 것이다.

"좀 오래 된 상처인데도 치료가 가능할까……?"

예빈은 조심스럽게 수한에게 물어보았다.

무엇 때문에 그런 질문을 하는 것인지는 모르겠지만 수한은 자신이 알고 있는 대로 설명을 하였다.

"물론 가능해요. 직접 확인을 해야 하겠지만 피부가 괴사한 것만 아니라면 가능해요."

비록 이 외상 치료제가 포션은 아니지만, 포션의 80%에 가까운 효능을 가지고 있었다.

수한 본인이 전생의 기억과 현생의 의학을 접목해 개발한 치료제다.

그러니 자신 있게 치료할 수 있을 것이란 말을 할 수 있었다.

수한이 대답을 하자 예빈은 수정을 돌아보며 말했다.

"언니, 우리 이거 하자!"

마치 수한의 제안을 받아들이지 않으면 안 될 것 같은 생각이 들었는지 예빈은 아주 애절한 표정으로 수정을 쳐다보며 말했다.

예빈의 그런 부탁에 수정이나 다른 파이브돌스 멤버들은 그녀가 지금 어떤 마음으로 그런 말을 하고 있는지 알고 있기에 조용히 다른 멤버들을 쳐다보았다.

이미 그녀들의 눈에는 예빈의 부탁을 들어주어야겠다는 표정들이었다.

예빈의 가족사를 잘 알고 있는 그녀들이다 보니 예빈의 심정을 누구보다 잘 알고 있었다.

더욱이 파이브돌스 멤버들은 이미 예빈의 동생도 만나 본 적이 있었다.

너무도 예쁘고 사랑스러운 아이였다.

물론 지금은 22살의 성인이 되었지만 외상 때문에 소극적인 그녀를 보면 안타까웠던 마음도 있었다.

예빈을 닮아 얼굴도 예쁘고 노래도 잘해, 가수에 소질이 있는 아이인데 팔과 다리에 화상 때문에 꿈을 포기하고 있는 것을 보면 가슴이 짠했다.

"다들 승낙한 거지?"

"그래, 뭐 우리야 광고 한 편 더 찍으면 좋지!"

"맞아, 돈 벌어 주겠다는데 우리야 환영이지!"

"저도 찬성이에요."

모든 멤버들이 광고를 찍는 것에 찬성을 하자 수정은 고개를 돌려 수한을 보며 대답했다.

"다들 하겠다고 하니 나도 찬성. 그럼 언제 촬영할 건데?"

"응, 일단 한 달 뒤 출시하기로 했으니 조금 빠르게 촬영을 했으면 하는데…… 고모가 누나들 오늘 고별 무대 끝나면 15일간 휴가라고 해서……."

수한은 이미 고모인 정영화로부터 파이브돌스의 스케줄을 듣고 온 상태다.

다만 이렇게 직접 찾아와 부탁을 하는 건, 힘들게 스케줄을 소화하고 몇 달 만에 휴가를 얻은 그녀들의 시간을 뺏어야 하기 때문이었다.

"그래? 오늘 스케줄이 끝나고 휴가를 준다고는 했는데, 보름이나 될지는 몰랐네?"

"와! 웬일이래?"

"그렇게, 최 실장님이 그런 소리는 없었는데?"

그녀들은 휴가 기간에 대해 처음 듣는 건지 잠시 어리둥절했지만 좋은 것이 좋은 것이라고 다들 좋아했다.

"뭐, 휴가가 보름이라고 하니, 그중 하루 잡아서 촬영하면 되겠네!"

"그래, 보름이나 되는데, 겨우 하루 정도야……."

다른 멤버들이 겨우 하루 촬영하는 것에 별로 싫어하지 않자 수정은 다시 고개를 돌려 수한에게 광고 컨셉에 관해 물었다.

"그런 광고 컨셉은 어떻게 되는데?"

"아, 그것은 말이야……."

수한은 신제품의 효능을 알리기 위해 환자를 섭외해 치료하는 모습을 찍고, 파이브돌스가 치료가 된 환자와 행복하게 뛰는 모습을 보인다는 것이다.

조금 식상한 감이 없지는 않았지만, 치료제를 선전하는데 그만한 것도 없기에 고개를 끄덕였다.

이런 수한의 이야기에 예빈이 나서서 물었다.

"혹시 환자는 섭외가 된 거야?"

예빈의 물음에 수한은 이제부터 환자를 섭외하러 가야 한다고 말했다.

"아직. 적당한 환자를 섭외해야 하는데, 자신의 상처를 쉽게 내보이려 하겠어요?"

수한의 이야기를 들은 예빈은 눈을 반짝였다.

"그럼 내가 아는 사람이 있는데, 치료해 줄 수 있어?"

예빈이 하는 소리에 파이브돌스 멤버들은 눈을 반짝였다.

지금 그녀가 누굴 생각하고 있는 것인지 알 수 있었기 때문이다.

"예빈 언니 혹시 수빈이 말하는 거예요?"

루나의 말에 예빈은 말없이 수한을 쳐다보았다.

그런데 그녀의 눈에는 무척 간절한 표정이 숨어 있었고, 그런 것을 포착하지 못할 만큼 수한이 둔하지 않았기에 금방 알 수 있었다.

'예빈 누나 동생이 외상으로 많이 힘든가 보구나!'

수한은 예빈의 동생인 수빈이 어떤지 보지는 않았지만 알 수 있었다.

"괜찮겠어요?"

수한은 다른 말 않고 괜찮겠냐는 질문을 하였다.

아무리 가족이라고 하지만 상처를 공개적으로 알리는 일을 쉽게 말 할 수는 없었다.

더욱이 수한이 자신 있게 말을 했다고 하지만, 환자 본 인이 수한의 말을 전적으로 믿지 않을 수도 있기 때문이다.

그렇기에 조심스럽게 물었다.

그런 수한의 반응에 예빈은 굳은 결심을 하듯 두 손을 쥐고 말했다.

"내 실수로 수빈이 상처를 안고 평생을 어둡게 살아가 게 할 수는 없어. 어떻게든 설득을 할 테니 가장 먼저 내 동생을 치료해 줘!"

치료하는 모습을 찍는 것인데 예빈은 이미 자신의 동생 이 금방이라도 나을 것이라 믿고 가장 먼저 치료해 줄 것 을 부탁했다.

사실 수한이 치료하는 것이 아니라 의사가 라이프제약 에서 개발한 치료제로 치료를 하는 것인데 예빈은 이미 그 런 것도 잊고 수한에게 부탁을 하는 것이다.

그런 예빈의 모습에 그녀가 얼마나 간절하게 바라는 것인지 알 수 있었다.

"알겠습니다. 그럼 일주일 뒤 촬영하는 날 봬요."

신제품 홍보를 위해 광고 모델 섭외를 오긴 했지만 또 다른 모델까지 섭외가 일사천리로 끝나자 수한은 일주일 뒤 약속을 하고 파이브돌스의 대기실을 빠져나왔다.

대기실을 나온 수한은 급히 라이프제약 사장인 조봉구에게 전화를 하였다.

"봉구 아저씨, 섭외 끝났고요. 일주일 뒤 천하병원 외상 치료센터에서 봬요."

수한은 할 말만을 끝내고 간단하게 통화를 끝냈다.

할아버지인 정대한 회장의 도움으로 어느 정도 제약회사의 숨통이 트이기는 했지만 아직 회사가 정상 궤도에 오른 것은 아니다.

이번 외상 치료제와 뒤이어 출시될 자양강장제가 성공을 해야만 했다.

회사에서의 직함이 고문이라고 하지만 실질적으로 주인은 자신이 아닌가.

그러니 성공을 위해서라도 자신이 직접 뛸 수밖에 없었다.

아직까지 라이프제약의 다른 사람들은 회사를 정상화

하는 것만도 시간이 부족한 상태이니 그나마 시간이 조금이라도 나는 자신이 나설 수밖에 없다.

◆　　　◆　　　◆

"엄마!"

예빈은 이번 시즌 고별 무대를 성공리에 마치고 회식도 뒤로하고 집으로 향했다.

다른 때 같으면 무사히 활동을 마친 것에 대한 파티를 하고 숙소로 향했을 것이지만 오늘은 모든 일정을 뒤로하고 집을 찾은 것이다.

"엄마! 어디 있어?"

예빈은 집 현관에 들어서자마자 그렇게 소리치며 자신의 엄마를 불렀다.

"무슨 일인데 그렇게 엄마를 찾아?"

"어? 수빈아! 집에 있었던 거야? 엄마는?"

조금은 만나기 껄끄러운 동생이 엄마를 대신해 문을 열어주자 예빈은 깜짝 놀라며 물었다.

"엄마는 동창 모임이 있다고 좀 늦으신다고 했어!"

깜짝 놀라는 예빈과는 다르게 그녀의 동생 수빈은 평소와 같이 간단하게 대답을 해 주고 자신의 방으로 들어가려

하였다.

"수빈아, 잠깐만. 네게 할 말이 있어."

"응? 무슨……."

수빈은 자신의 방으로 들어가려다 깜짝 놀랐다.

평소 자신을 보면 부담스러워하던 언니가 오늘은 무슨 일인지 먼저 할 말이 있다고 말을 걸자 수빈은 고개를 갸웃거렸다.

어릴 적 실수로 자신의 몸에 상처를 입힌 뒤로 언제나 미안해하며 무엇이든 양보만 하던 언니가 무슨 일로 말을 걸었는지 궁금해지기도 했다.

"그래 무슨 말이야?"

자신을 보며 물어 오는 동생을 보면 예빈은 일단 자리에 앉으라는 말을 하였다.

"일단 우리 앉아서 이야기 하자."

예빈은 거실 쇼파에 가서 앉으며 그렇게 이야기를 하였다.

언니의 평소와 다른 모습에 고개를 갸웃거리며 수빈도 언니를 따라 쇼파로 다가갔다.

두 사람은 자리에 앉아 서로를 쳐다보았다.

그러다 예빈은 조금 전 방송국에서 수한의 제안을 다시 한 번 생각했다.

그리고 머릿속이 정리가 되자 수한이 한 제안을 동생에게 들려주었다.

"수빈아, 너 그거 치료할 수 있다고 하면 치료 받을래?"

"뭐?"

수빈은 언니의 이야기를 쉽게 받아들일 수가 없었다.

아직 자신의 말에 진의를 깨닫지 못한 동생의 모습에 다시 한 번 말했다.

"내가 아는 사람이 이번에 화상 치료에 획기적인 신제품이 출시되었다고 해, 네 화상도 치료가 가능하다고 하는데 이번에 한 번 치료를 받았으면 해서."

"언니 그게 정말이야? 이 상처를 치료 할 수 있다고? 의사는 더 이상 나아질 수 없다고 했잖아."

처음 언니에게 치료할 수 있다는 말을 들었을 때는 작은 희망이 들기는 하였지만, 곧 예전 의사 선생님이 한 말이 기억이 나 체념을 하였다.

쉽게 포기를 하는 동생의 모습에 눈물이 날 것 같던 예빈은 애써 눈물을 참으며 말했다.

"이번에 신약이 개발되었는데, 이미 임상실험이 끝나고 곳 출시된데. 그러니 너도 한 번 이번에 치료해 보자."

언니의 간절한 부탁에 수빈은 말없이 고개만 끄덕였다.

지금까지 자신의 부모님과 언니가 자신의 상처를 치료

하기 위해 많은 노력을 했다는 것을 잘 알고 있는 수빈이다.

부모님은 딸의 미래를 위해, 그리고 자신의 언니는 자신의 실수로 동생이 상처를 안고 평생을 살아가야 한다는 죄책감에 많은 희생을 하였다.

그렇기에 수빈도 언니의 그런 부탁에 고개를 끄덕일 수밖에 없었다.

어차피 더 이상 나빠질 수 없는 상태가 아닌가.

"알았어. 아빠, 엄마 오시면 말씀 드려 볼게."

"아니야. 오늘 여기서 자고 갈 거니, 내가 아빠 엄마에게 말씀 드릴게."

어느 순간 예빈은 수한이라면 자신의 동생을 충분히 낫게 해 줄 수 있을 것이란 믿음을 가지게 되었다.

그러니 지금 동생을 설득하는 것도 조금은 강압적으로 밀어붙이고 있는 중이다.

괜히 동생이 치료를 포기할지도 모른다는 걱정 때문이기도 했다.

3.
사고

달그락! 달그락!

일신제약 신영민 사장은 뭔가 고민이 있을 때면 습관처럼 이렇게 손가락으로 책상을 두드리는 버릇이 있었다.

"김 비서!"

"예, 사장님."

"그 일은 어떻게 되었나?"

신영민 사장은 자신의 비서를 돌아보며 어떤 일에 관해 물었다.

그런 신영민의 질문에 김 비서라 불린 남자는 아무런 표정 변화 없이 차분히 보고를 하였다.

"대동아제약 주식회사와 관련된 어떤 것도 저희와 연관이 없도록 처리했습니다. 그리고 그 일은 김장근 전 전무가 개인적으로 친분 때문에 도움을 준 것으로 처리했습니다."

"다른 말 나오지 않게 잘했겠지?"

"물론입니다."

알아서 잘하는 김 비서였기에 신영민은 그의 보고를 듣고 별다른 말없이 일을 마무리하였다.

"그런데 말이야……."

하지만 일을 마무리 하기는 하였지만, 뭔가 그의 기분에 차지 않는 미지근한 뭔가가 그의 심기를 불편하게 만들었다.

"예, 말씀하십시오."

보고를 마치고 나가려다 신영민의 말에 다시 자리를 지키며 대답을 하였다.

그런 김 비서의 모습에 신영민은 인상을 찡그리며 말을 하기 시작했다.

"그 라이프제약 말이야! 대동아제약 주식회사에 주는 것보다 우리가 가지는 게 더 좋지 않았나?"

문득 김장근 전무가 했던 일을 생각하던 신영민은 아무리 협력사라고 하지만 그렇게까지 도움을 줄 필요가 있었나 하는 생각이 들었다.

그 정도까지 했다면 차라리 자신들이 집어삼키는 것이 더 좋았을 것이란 욕심이 생겼다.

물론 대동아제약 주식회사와의 관계를 생각하면 중간에 가로채는 게 도의적으로 무리한 수라는 것도 잘 알지만, 어차피 그런 작업을 했다는 것은 도덕적으로 지탄을 받을 일이다.

그렇다면 남 좋은 일을 할 필요 없이 자신의 이득을 챙기는 것이 당연한 일이다.

아무리 그룹 차원에서 지원해 주라는 말을 하였지만, 이전 조은제약 정도라면 자들에게도 큰 이득을 가져올 수 있는 정도의 회사였다.

그리고 솔직히 신영민이 생각하기에 대동아제약 주식회사가 한국에 지사를 설립하게 되면 협력 업체인 자신들의 이득이 줄어들 것이 분명한데, 그룹에서는 무엇 때문에 그런 판단을 하였는지 이해가 가지 않기도 했다.

"자네 판단은 어때?"

신영민은 자신의 생각에는 그룹에서 잘못 판단한 것이 아닌가, 하는 생각이 들었기에 자신의 비서에게 의견을 물은 것이다.

신영민이 비록 재벌 3세로서 이른 나이에 일신제약 사

장의 자리에 앉아 있지만 머리가 나쁜 것도, 그렇다고 야망이 없는 것도 아니다.

아니, 차남이기에 더욱 그의 욕심이 컸다.

장남인 자신의 형은 장남이란 이유 하나 때문에 진즉부터 후계자로서 그룹의 지주회사 기획실장으로 들어가 자리를 잡았다.

언뜻 봐서는 사장인 그보다 못할 것 같지만 그건 아무것도 모르는 사람이나 그렇게 생각하는 것이다.

그룹의 모든 일을 총괄하는 부서에서 그룹이 나아갈 바를 제시하는 총괄 책임자가 바로 자신의 형이었다.

그 자리는 말이 실장이지 일신그룹에서 그 자리는 다른 계열사 사장과 동급의 자리인 것이다.

뿐만 아니라 일신그룹의 오너가 되기 위해선 꼭 거쳐 가야 하는 자리가 있는데, 그중 하나가 바로 그 자리였다.

즉, 자신의 형은 태어나면서 후계자로 낙점을 받아 그 수순을 밟고 있는 중이다.

그런 것을 신영민은 참을 수 없었다.

같은 자식인데 먼저 태어났다는 것 때문에 자신이 차별을 받아야 한다는 것을 받아들일 수 없었다.

그래서 어떻게든 그것을 만회하기 위해 지금까지 죽도록 일을 하고, 형 보다 더 많은 성과를 내기 위해 노력했다.

그리고 자신은 그런 성과를 냈다고 자부했다.

많은 일신그룹의 계열사 중 가장 부진했던 일신제약을 대한민국에 있는 제약회사 중 최고의 자리에 올려놓았다.

매년 적자에 허덕이며 일신그룹에서 퇴출시키려 고려하던 기업이었지만, 자신이 사장의 자리에 앉으며 그것을 일신했다.

과감한 정리해고와 긴축 경영, 그리고 공격적인 마케팅으로 회사를 정상으로 올린 것뿐 아니라 현재는 매년 1000억 이상의 흑자를 올리고 있다.

그런데 이번 일로 그동안 쌓아 올렸던 일이 수포로 돌아가고 말았다.

더욱이 이번 일은 자신의 잘못도 아니지 않는가.

전적으로 그룹에서 지시를 받은 김장근이 엉뚱한 일을 벌이다 밝혀진 일이다.

그런 생각을 하니 더욱 화가 나기 시작했다.

"젠장! 생각하면 할수록 화가 나는군!"

"사장님 너무 그 일에 관해서 신경 쓰지 마십시오. 그런데 김장근 전무의 일을 조사하다가 뜻밖의 사실을 알게 되었습니다."

신영민은 김 비서가 이야기를 하다 말고 목소리를 줄이며 조용히 말을 하자 눈을 크게 뜨며 관심을 보였다.

"그게 무엇인가?"

관심을 보이는 신영민의 반응에 김 비서는 자신이 알게 된 사실을 이야기 하였다.

"다름이 아니라, 조은제약의 일이 파토가 나자 김장근은 다른 제약회사 하나를 다시 작업을 했는데, 이번 김장근이 무리수를 두는 바람에 모든 정황이 밝혀지면서 대동아제약 주식회사의 입장도 난처해졌습니다."

"그래서?"

"그래서 대동아제약 주식회사는 한국에 지사를 두는 것을 포기하고 한국에서의 일에 발을 뺐습니다."

"그래? 그런데 그게 왜?"

신영민은 지금 김 비서의 말이 잘 이해가 가지 않았다.

일본의 대동아제약 주식회사가 한국에서의 사업에서 발을 뺀 것과 무슨 상관이 있다는 말인가.

그런 의문에 김 비서를 주시했다.

한편 김 비서는 아직도 자신의 말을 이해하지 못하는 신영민을 보며 자세히 설명을 하였다.

"조금 전 제가 말씀 드리지 않았습니까? 김장근이 조은제약을 그 정수한이라 놈에게 뺏기고 자신의 실수를 만회하기 위해 또 다른 제약회사를 작업했다고 말입니다."

"아!"

신영민은 김 비서가 자세히 설명을 하자 그제야 생각이
났는지 감탄성을 터뜨렸다.

"그럼 그 회사는 아직?"

"예, 대동아제약 주식회사가 발을 뺌으로써 김장근이
작업하던 제약회사는 현재 공중에 뜬 상태입니다."

김 비서의 말을 모두 들은 신영민의 눈이 반짝였다.

잘못을 저질러 욕을 먹게 한 것은 1000번 죽여도 속이
풀리지 않을 일이지만, 그것만은 참 잘한 일이었다.

어떻게 해서든 자신의 경영하는 회사의 규모를 키우려
는 신영민의 입장에서 대동아제약 주식회사가 포기한 그
회사는 그에게 정말이지 먹음직한 만찬이었다.

"회사 내 유보금은?"

신영민은 바로 회사 내에 여유 자금을 물었다.

이번 기회에 회사 규모를 늘릴 생각인 것이다.

사실 자신이 맡고 있는 일신제약은 일신그룹을 노리는
그에게 너무도 작은 회사였다.

다른 계열사와 비교를 해도 엄청 차이가 나는 회사다.

지금은 건설 경기가 줄어 주춤하기는 하지만, 일신그룹
의 기둥 역할을 하는 일신건설의 시가총액은 일신제약의
10배에 달하고, 일신자동차 같은 경우는 제약의 13배에
달한다.

다른 계열사 중 일신제약 다음으로 규모가 작은 곳도 시가총액이 신영민이 사장으로 있는 일신제약보다 4배가 넘는다.

그러니 일신그룹 회장을 꿈꾸는 신영민으로서는 자신이 사장으로 있는 일신제약의 규모를 키우는 것에 목매는지도 모른다.

"지금은 충분합니다."

"좋아! 그럼 대동아제약 주식회사에서 포기한 그 회사 우리가 먹도록 하지!"

"알겠습니다. 그런데 들리는 소문에 의하면 김장근 전무와 문제가 있었던 라이프제약에서 신제품이 나온다고 합니다."

"신제품?"

한껏 또 다른 제약사를 병합해 회사의 규모를 키우기에 열을 올리던 신영민은 김 비서의 말에 정색을 하였다.

제조업체의 신제품이란 것이 그렇듯 제약회사의 신제품은 쉽게 출시되는 것이 아니다.

그런데 김장근 전 전무의 장난질에 허덕이던 조은제약이 회사의 주인이 바뀌면서 몇 개월 만에 신제품이 나온다니 믿을 수가 없었다.

"설마 우리 제품과 경쟁을 하는……."

신영민은 혹시나 하는 마음에 묻기는 했지만 불안한 마음에 끝까지 말을 잇지 못했다.

하지만 그런 신영민의 말이 어떤 뜻을 포함하고 있는지 잘 알 수 있었다.

"아무래도 라이프제약에서 출시되는 제품은 외상 치료제라고 알려졌는데, 기존의 것보다 탁월한 효능을 가지고 있다고 합니다. 그리고 회사 내부에서 전해진 소문이지만 이 제품이 출시되면 기존의 외상 치료제는 끝이라 떠들고 있습니다."

너무도 과도한 이야기를 하는 비서의 말에 더욱 표정이 굳어진 신영민이 한소리 했다.

"아무리 대단한 외상 치료제라도 해도 그 이야기는 너무 과도한 것 아닌가? 무슨 그들이 엘릭서라도 만들었다는 말이야!"

괜히 배가 아픈 것인지 자신의 비서에게 따지듯 말하였다.

확실히 말을 하고도 김 비서 또한 전해들은 이야기를 전부 믿지 않았기에 조금 더 뛰어난 치료제가 만들어졌다고만 생각할 뿐이다.

하지만 이들은 기존의 상식으로만 판단을 하였기에 수한이 제조식을 넘겨준 외상 치료제의 효능을 있는 그대로 받아들이지 못했다.

그 때문에 일신제약은 라이프제약에서 출시하는 외상 치료제로 인해 많은 손해를 보게 되었다.

"물론 그렇진 않겠지만 1개월 뒤 대대적인 광고와 함께 출시를 한다고 합니다."

"한 달 뒤가 출시야? 그런데 광고?"

신영민은 신제품의 광고를 찍는다는 것에 조금 의아한 생각이 들었다.

광고를 찍는다는 말은 제품 판매 주력을 약국으로 한다는 소리다.

제약사의 수입 중 가장 많은 부분을 차지하는 것이 바로 약국에서의 소매 판매다.

병원으로 들어가는 약품은 많은 부분이 리베이트 비용으로 처리되기 때문에 솔직히 병원 판매는 이윤을 내겠다는 것 보다는 환자들에게 가까운 곳에서 홍보를 한다는 느낌으로 한다.

그러니 아직 라이프제약의 신제품이 나오진 않았지만 광고를 찍는다는 말에 신경이 쓰이는 것이다.

사실 대한민국은 무척이나 좁은 시장을 가지고 있다.

그런데 대한민국은 생각 보다 많은 제약사들이 있었다.

그러니 무척이나 경쟁도 심하고, 또 그 속에서 상대를

거꾸러뜨리기 위한 방해도 무척이나 많았다.

그리고 상대를 거꾸러뜨리기 위한 음모를 가장 많이 꾸몄던 곳이 바로 일신제약이기도 했다.

대기업인 모기업의 힘을 이용해 갖은 음모로 상대 기업을 위기에 빠뜨려 지금의 위치에 올라온 일신제약이다.

그러니 경쟁 기업에서 신제품이 나온다는 말에 이렇게 신경을 쓰는 것이기도 하다.

"혹시 방해할 수 없나?"

괜히 방해를 하고 싶어진 신영민은 김 비서에게 방법을 물었다.

경쟁 회사의 신제품 발표를 너무도 늦게 알았기에 그로서는 최대한 출시를 늦추고 신제품의 효능과 성분 등을 빨리 알아내야만 했다.

그래야 그 제품에 대한 비방이나 유해성분 등을 부각시켜 소비자들이 기존 자사의 제품을 등지고 신제품을 찾는 것을 막을 수 있기 때문이다.

"알아보겠습니다."

김 비서는 신영민의 말에 다른 말을 하지 않고 알아보겠다는 말로 대신했다.

사실 김 비서 또한 지금 사장인 신영민이 무슨 이유로 그런 말을 하고 있는지 잘 알고 있기 때문이다.

평소에도 아픔을 호소하는 환자들의 신음 소리에 무척이나 소란스러운 병원이지만 오늘은 무슨 일인지 다른 이유로 병원이 소란스럽고 또 들떠 있었다.

　　천하그룹 산하의 병원인 천하병원은 평소에도 많은 연예인들이 찾으며, 환자들을 위한 진료로 소문이 났었다.

　　그런데 오늘은 그런 분위기와 다르지만 많은 사람들이 나와 구경을 하고 있었다.

　　"정남아! 주변 통제 제대로 안 하냐!"

　　주변이 시끄러워지자 한 사람이 나서서 누군가를 불러 호통을 쳤다.

　　"죄송합니다."

　　정남이라 불린 남자는 얼른 자신을 부른 남자에게 죄송하다는 말을 하고는 주변을 정리하기 시작했다.

　　"촬영을 해야 하니 모두 조용히 해 주시기 바랍니다."

　　정남의 그런 호소가 통했는지 조금 소란스럽던 촬영장은 조용해졌다.

　　오늘 라이프제약의 신제품 광고 촬영은 기존의 의약품 광고와는 조금 다른 컨셉을 가지고 촬영을 한다.

기존 의약품들이 그저 귀여운 아이나 강아지 등을 등장시키고 사랑스러운 분위기를 표현하는 것이 대부분이었다면, 라이프제약에서 잡은 컨셉은 실제 환자를 치료하는 장면을 광고에 직접 촬영을 하여 소비자들에게 내보낸다는 것이다.

물론 제품의 효능을 보이기 위한 촬영이기에 첫 촬영으로 끝나는 것이 아니었다.

첫 촬영 이후 매일매일 몇 차례 더 촬영을 하여 그것을 연속으로 내보낼 예정이다.

"언니, 나 괜찮을까?"

수빈은 뭐가 그리 불안한지 언니인 예빈을 보며 물었다.

자신의 몸에 난 상처 때문에 언제나 미안해하는 언니의 모습이 싫어 승낙을 하기는 하였지만, 사실 수빈은 자신의 화상으로 일그러진 몸을 다른 사람에게 보이는 것이 싫었다.

그렇지만 자신의 실수 때문에 평생 미안해하며 살아가야 할 언니를 생각해 용기를 내 이곳에 왔다.

다행히 CF촬영이기 때문에 비싼 화상 치료비를 내지

않아도 된다니 천만다행이다.

아니, 치료도 치료지만 적게나마 출연료까지 준다고 하니 수빈은 마음 한편으로 자신도 뭔가 할 수 있다는 마음도 들었다.

사실 그동안 팔과 허벅지에 있는 화상 때문에 외출을 할 때면 언제나 흉터를 가릴 수 있는 긴 옷들을 입었다.

예쁜 옷이 있더라도 수빈 자신에게는 그림의 떡이었다.

아무리 연예인인 언니를 닮아 미인 소리를 듣고 있어도 마음 한구석에는 자신의 상처를 못 보았기에 그런 소리를 한다고 생각을 했다.

그러다 보니 다른 사람의 생각 보다 자신이 그런 생각 때문에 외부 활동도 줄어들고, 결국 교우 관계, 대인 관계도 악화되어 친구도 별로 없었다.

그럴 때면 언니인 예빈이 무척이나 미안해하는 것을 알면서도 그것만큼은 고치지 못했다.

그런데 자신이 할 수 있는 일이 생겼다.

비록 언니가 가져다준 기회이기는 하지만, 어쩌면 미운 오리 새끼가 백조로 탈바꿈 하듯 자신도 그럴지도 모른다는 희망을 가지게 되었다.

"너무 불안해하지 마. 모든 것이 다 잘 될 거야."

"알았어, 언니."

예빈이 불안해하는 동생을 달래고 있을 때 이들이 있는 대기실 문을 두드리는 소리가 있었다.

똑똑똑.

"네, 들어오세요."

덜컹!

예빈의 들어오라는 소리에 문이 열리고 여인들이 들어왔다.

"예빈아, 수빈아, 언니들 왔다."

안으로 들어서던 여자들은 예빈과 수빈의 이름을 친근하게 부르며 안으로 들어왔다.

"어서 오세요, 언니들. 오랜만이에요."

안으로 들어오는 여자들을 잘 알고 있는 듯 수빈은 그녀들에게 인사를 하였다.

수빈에게 몇 안 되는 지인들이었다.

그리고 자신과 함께 CF촬영을 할 사람들이기도 했다.

"수빈아, 첫 촬영인데 안 떨려?"

루나는 조금은 상기되어 있는 수빈의 곁에 앉으며 물었다.

"조금 떨리긴 하지만, 지금은 괜찮아졌어요. 그런데 제가 잘할 수 있을까요?"

"너무 걱정하지 마. 그냥 평소대로 하면 돼."

수빈이 불안한 마음을 나타내자 루나는 조언을 해 주었다.

루나가 생각하기에 수빈은 참으로 많은 끼를 가지고 있었다.

하지만 팔과 다리에 있는 화상 때문에 자신감이 부족했다.

이것만 없다면 수빈은 언니인 예빈 보다 더 연예계에서 각광을 받을 수 있을 것이라 생각했다.

예전 예빈이 천하엔터에 캐스팅 되었을 때 수빈도 함께 제의를 받았다고 들었다.

하지만 수빈은 자신의 콤플렉스 때문에 그 제안을 거절했다고 하였다.

그런데 비록 의약품 광고이기는 하지만 CF촬영을 하게 된다면 많은 곳에서 그녀를 찾을 것이다.

"참! 언니, 수빈이 광고 찍고 나서 여기저기서 찾을지도 모르는데, 그럼 소속사는 어떻게 할 거야?"

루나는 예빈을 돌아보며 그렇게 물었다.

예빈도 자신의 동생이 자신 보다 더 끼가 많다는 것을 잘 알고 있었다.

다만 상처로 인한 자신감이 부족하기에 자신과 함께 천하엔터에 캐스팅 되었으면서도 거절을 했다.

그런데 상처를 치료하고 나면 상황이 분명 달라질 것이란 예상을 하였다.

"그래, 수빈아. 이번 광고 촬영 끝나고 너도 우리 회사 들어와라."

예빈은 동생에게 자신이 소속되어 있는 천하엔터에 들어올 것을 제안했다.

하지만 아직도 자신의 상태에 대하여 조금은 비관적인 수빈이기에 선뜻 대답을 하지 못했다.

"안녕하세요."

수빈이 예빈의 말에 망설이고 있을 때, 누군가 인사를 하며 안으로 들어왔다.

그런데 조금 전 파이브돌스의 멤버들이 들어왔을 때와 다르게 수빈은 무척이나 긴장했다.

그도 그럴 것이 방금 들려온 것은 그녀가 알고 있는 목소리도 아닐뿐더러 남자의 목소리였기 때문이다.

맑고 호감이 가는 목소리이기는 하지만, 낯선 남자의 목소리였기에 수빈은 그 목소리에 긴장을 하였다.

"수한아, 어서 와!"

"어머, 우리 수한이 더욱 멋있어졌네!"

수한이 안으로 들어서자 루나와 레이나가 수한을 반겼다.

'누구지?'

대기실로 들어서는 낯선 남자의 모습에 수빈은 언니의 등 뒤로 몸을 숨기며 살폈다.

언니 다음으로 마음을 터놓고 이야기 할 수 있는 루나와 레이나 언니가 친근하게 반기는 것을 본 수빈은 수한이란 남자에 대하여 호기심이 생겼다.

'생기긴 잘생겼네? 남자 주인공인가?'

잘생긴 외모에 수빈은 수한 대해 그렇게 생각을 하였다.

"그런데 수정 누나는 같이 안 오셨어요?"

수한은 오늘 광고 촬영을 하기로 한 천하병원 병동에 도착을 하자마자 라이프제약 홍보부장과 잠깐 이야기를 하고, 바로 누나를 보기 위해 대기실로 온 것이다.

어차피 자신이 이곳에서 할 일이란 것이 특별히 없기에 그저 광고 촬영이 자신의 구상대로 제대로 촬영이 되는가를 보기 위해 온 것이었다. 그렇기 때문에 회사 홍보부장과 그리 오래 이야기 할 필요도 없었다.

그런데 이곳에 오면 누나를 볼 것이란 예상과 다르게 수정은 이곳에 없었다.

"응, 크리스탈 언니는 최하나 실장님과 이야기가 있어서 좀 있다 올 거야."

수한이 그의 누나인 수정을 찾자 루나는 수정의 행방을

말해 주었다.

"수정 누나에게 무슨 일 있어요?"

"일은 무슨. 휴가 기간에 광과촬영이니 휴가 기간 조정 때문에 그런 거지."

루나는 수한이 무슨 일이 있는가 걱정을 하는 것 같아 걱정을 덜어 주기 위해 수정이 최하나 실장과 이야기할 내용을 말해 주었다.

사실 이것은 파이브돌스 전체가 협의해 나온 이야기였기에 리더인 수정이 대표로 실장인 최하나와 담판을 지으러 간 것이다.

회사에서 따 온 광고도 아니고, 또 긴급하게 촬영을 하는 것이라 파이브돌스의 기존 출연료 보다 20% 정도 더 높은 금액을 라이프제약으로부터 받게 되었다.

이런 관계로 천하엔터로서는 앉아서 돈을 벌게 되었다.

그 때문에 파이브돌스 멤버들은 휴가 기간 중 촬영으로 손해 본 날짜를 보상받기로 결심하였다.

그래서 지금 수정이 그것을 최하나와 의견을 나누고 있다.

"그런 거였어요?"

수한은 그제야 조금 안심이 되었다.

괜히 자신 때문에 혹시나 파이브돌스의 누나들이 휴가

기간에 고생을 하는 것은 아닌가, 걱정을 했었다.

사실 파이브돌스가 수한을 위해 휴가 기간에 일을 맡은 것이 맞았다.

그것도 휴식 중간에 광고 촬영을 하는 것이라 그녀들이 처음 휴가 기간에 계획했던 일들이 조금 틀어지게 되었다.

다만 리더인 수정이 고생했던 것과, 수정의 동생인 수한을 돕고 싶다는 생각에 조금 양보해 광고 촬영을 승낙한 것이다.

"참, 수한아. 여기 이쪽은 이수빈이라고 해. 예빈 언니 동생이야."

루나는 수한의 손목을 잡아끌어 수빈을 소개해 주었다.

"안녕하세요, 정수한이라고 합니다."

수한은 루나의 소개에 수빈을 보며 고개를 숙이며 인사를 하였다.

"네, 이수빈입니다."

수한의 인사에 수빈도 수줍게 인사를 하였다.

서로 인사를 주고받는 수한과 수빈을 보던 루나가 갑자기 수줍게 인사를 하는 수빈에게 얼굴을 들이밀며 말을 하였다.

"수빈이 너, 수한이 넘보지 마. 수한이는 내가 찜했어!"

"야! 난 그거 인정 못해!"

루나의 말에 레이나는 루나와 수한의 사이로 끼어들어 한바탕 소란이 일었다.

"어떻게 된 게 너희는 틈만 나면 소란이냐?"

수정은 대기실로 들어서며 소란을 떨고 있는 레이나와 루나를 보며 소리쳤다.

"어머! 수정이 왔네!"

"언니, 두고 봐요."

루나를 놀리며 도망치던 레이나는 수정이 대기실로 들어서자 얼른 자리에 멈춰 수정에게 말을 건넸다.

하지만 루나는 아직도 조금 전 일이 풀리지 않은 것인지 레이나를 보며 씩씩거렸다.

"메롱! 그러거나 말거나."

그렇지만 루나의 말에 레이나는 별로 신경을 쓰지 않는 것인지 오히려 더욱 약을 올렸다.

"하여간 나이를 먹었으면 나이 값을 해야지, 뭐하는 것이야! 동생들 보기 부끄럽지 않냐?"

레이나와 루나의 모습에 수정은 못 말리겠다는 듯 고개를 흔들며 말을 하였다.

한편 수한은 고개를 돌려 조용히 있는 미나를 보며 물었다.

"미나 누나, 누나들 이렇게 놀아요?"

"아, 아냐. 제네 둘만 그래."

"맞아! 수한아 오해하지 마, 우린 조용해."

수한의 질문에 미나는 물론이고 동생의 옆에 있던 예빈 또한 자신들은 저렇지 않다는 듯 손사래를 하였다.

그런 모습이 새로웠는지 언니의 뒤에 숨어 지켜보던 수빈도 어느새 안정을 찾았는지 약간 볼이 상기된 채로 입가에 미소를 띄웠다.

"어? 이제 긴장이 좀 풀렸나 보네요?"

미소를 짓는 수빈의 얼굴을 본 수한은 그렇게 수빈에게 말을 걸었다.

"네, 네?! 네."

"어머! 우리 수빈이 수한이에게 반한 거야? 이거 갈수록 경쟁률이 높아지는데?"

수빈이 수한의 질문에 당황하고 있을 때, 레이나는 이것이 기회라는 듯 이번에는 당황하고 있는 수빈을 놀렸다.

레이나의 짓궂은 놀림에 수빈은 잠시 당황하다 정색을 하며 말했다.

"뭐…… 저 정도면 내 옆에 세워도 창피할 일 없지 않겠어요?"

너무도 당당하게 말을 하는 수빈 때문에 이번엔 레이나가 얼음이 되고 말았다.

"호호호호."

"하하하!"

"어머, 우리 수빈이 말도 잘하네!"

"내 언젠간 당할 줄 알았다."

수빈의 말에 굳은 레이나의 모습을 본 사람들이 한마디 씩 할 때마다 레이나는 급기야 바닥에 무릎을 꿇고 손을 짚으며 주저앉았다.

이른바 좌절 모드라는 것으로 조금은 과장된 모습이기는 하지만, 그 모습이 한편으론 무척이나 우습기도 했다.

◆　　　◆　　　◆

"검증된 약품이니 안심하시고, 그리고 수빈 양."

"네!"

"긴장하지 마시고, 이번 장면은 그렇게 어려운 장면 아니니 그냥 의사 선생님께 진찰을 받으러 왔다고 생각하시면 돼요. 알겠죠?"

"네, 알겠습니다."

라이프제약의 외상 치료제의 CF촬영이 시작이 되었다.

촬영 컨셉은 연예인을 꿈꾸는 수빈이 화상으로 인해 꿈

을 접어야 할 처지에 놓였을 때 수빈의 언니인 예빈이 치료를 받아 보자고 권유해 병원을 찾아 의사에게 상담을 받고 치료를 한다는 것이다.

치료를 받고 완쾌가 되어 다시 꿈을 찾아 열심히 노력을 한다는 것이 수빈이 찍는 광고의 컨셉이다.

CF를 처음 찍는 수빈의 비중이 파이브돌스보다 더 많은 부분을 차지하는 것이다.

그도 그럴 것이 수한은 외상 치료제의 선전을 위해 환자에게 직접 투여하는 모습을 TV로 내보낼 생각이다.

지금까지 다른 제약사들은 신제품이 출시가 되면 아직 알려지지 않은 신인 연기자나 연예인을 활용해 마치 진짜인 것처럼 꾸며 광고를 하였다.

하지만 수한은 자신이 제조식을 완성한 이 외상 치료제에 자신감이 있었기에 환자를 치료하는 것을 사실적으로 묘사하는 것이 아니라 진짜로 치료하는 모습을 찍어 선전을 함으로써 인지도를 높이려는 것이다.

"자, 준비하시고 레디— 고!"

감독의 '고'라는 말이 떨어지기 무섭게 카메라가 돌아가기 시작했다.

수빈의 옆에는 수빈의 보호자로 언니인 예빈이 자리하고 있었다.

"선생님, 제 동생의 꿈은 많은 사람들에게 꿈을 심어 주는 연예인이 되는 것이 꿈이에요. 그런데……."

예빈은 자신의 대본에 나와 있는 대로 대사를 하였는데, 가수인 그녀가 하는 연기는 무척이나 현실적이라 촬영을 하고 있는 감독은 물론이고 다른 스텝들까지 놀라게 하기 충분했다.

"연기가 무척이나 안정적인데요?"

"조용히 해."

AD인 정남은 예빈의 연기에 감탄을 하며 감독에게 귓속말을 하였다.

하지만 감독에게서 들려온 말은 아주 짧고 간결한 말이었다.

감독 또한 정남과 비슷한 생각을 하였다.

아이돌 가수인 예빈의 연기가 이렇게나 자연스러울지 그 또한 모르고 있었다.

사실 아이돌이라고 하면 연출자들은 모두 색안경을 쓰고 바라본다.

물론 그렇지 않은 사람도 있기는 하지만 가수를 준비하던 아이돌이 연기하는 것에 못마땅한 시선을 주는 것은 모두 비슷했다.

그런데 예빈의 방금 전 대사는 무척이나 자연스러울 뿐

아니라 보는 사람으로 하여금 대상을 걱정하는 마음이 절실히 묻어났다.

그것이 가족이기에 그런 것인지 아니면 정말로 연기를 하는 것이지는 아직 확실하지는 않지만, 현 상태만으로는 출발이 아주 좋았다.

하지만 그런 예빈의 좋은 출발도 의사의 딱딱한 대사에 NG가 나고 말았다.

"NG!"

"죄송합니다."

"선생님 카메라 의식하시지 마시고, 그냥 자연스럽게 평소 환자를 보시듯 하세요."

병원에서의 자연스러운 모습을 광고에 담기 위해 환자는 물론이고, 의사까지 연기자가 아닌 진짜 환자와 병원 의사를 섭외하였다.

그러다 보니 대사가 적은 수빈은 상관이 없었지만, 환자의 상태에 대하여 말을 해야 하는 의사가 문제였다.

전문 연기자가 아니기에 카메라를 의식하지 말라고 해도 자신도 모르게 한쪽에 있는 카메라를 의식하게 된 것이다.

"선생님, 환자의 상태에 집중해 주시고, 다시 갑니다. 레디— 고!"

감독은 NG가 나긴 했지만 어차피 그들이 전문 배우가 아니기 때문에 이럴 때일수록 살살 달래면서 끌고 가야 한다는 것을 잘 알고 있었다.

더욱이 촬영이 이번 한 번으로 끝나는 것이 아니라 며칠간 더 촬영을 해야 하기에 처음부터 얼굴 붉히며 갈 필요가 없다는 판단에 이렇게 여유 있게 촬영에 임했다.

그런 감독의 생각이 통했는지 그 다음 부터는 NG가 나오지 않고 진행이 되었다.

"OK! 굿!"

"수고하셨습니다."

상담실에서의 촬영이 끝났다.

비록 짧은 촬영이지만, 처음 한 번의 NG말고는 더 이상 NG가 나오지 않아 연기자들이나 촬영팀 모두 웃을 수 있었다.

"자! 다음 촬영 장소로 이동합니다."

감독이 다음 촬영 장소로 이동하겠다는 선언을 하였다.

하지만 이동은 수한으로 인해 중단이 되었다.

"감독님, 시간이 벌써 점심을 드실 시간인데, 점심들 먹고 하지요?"

수한의 밥을 먹고 하자는 말에 감독이 시계를 들여다보았다.

촬영을 하느라 인지하지 못했지만 시간은 벌써 1시 30분을 가리키고 있었다.

"허허, 시간이 벌써 이렇게 되었습니까? 그럼 모두 점심을 먹고 다음 촬영을 하겠습니다."

감독의 밥을 먹고 하겠다는 선언이 떨어지자 연기자는 물론이고 스텝들 모두 기뻐했다.

촬영이 아무리 재미있게 진행이 되어도 먹는 재미만 하겠는가.

촬영장에서 가장 기쁜 것은 뭐니뭐니 해도 먹는 재미만 한 것이 없다.

"식당 섭외해 놨으니 그곳으로 가시지요."

수한은 미리 섭외해 놓은 식당으로 촬영에 참여한 사람은 물론이고 스텝들까지 이끌고 갔다.

사고는 뜻하지 않은 곳에서 발생이 된다.

오늘 있을 촬영이 별다른 잡음 없이 순조롭게 끝나 가려는 때, 긴장이 풀려서 그랬는지 어땠는지 모르겠지만 아무튼 사고가 발생하였다.

"자! 오늘 마지막 장면 촬영입니다. 마지막까지 긴장

놓치지 말고 잘해 봅시다. 레디— 액션!"

지금까지와 다르게 조금은 오버를 하며 감독이 촬영 시작을 알렸다.

수빈은 수술대 위에 누워 있었다.

그리고 의사는 수술 가운을 입고 메스를 들어 상처 부위를 살짝 절개를 하였다.

화상으로 뭉개진 피부를 도려내기 위한 수술이었다.

우선 팔에 난 화상 자국을 수술하였다.

수술은 순조롭게 진행이 되었고, 카메라에 라이프제약의 로고와 제품명이 적힌 약병이 보였다.

수빈의 팔을 수술한 의사는 약병을 들어 뚜껑을 열고 연고 타입의 외상 치료제를 상처 부위에 도포를 하였다.

팔의 수술은 성공적으로 끝났다.

이제 남은 것은 수빈의 허벅지에 있는 화상이었다.

왼쪽 허벅지 앞과 안쪽으로 넓게 퍼져 있는 화상 자국 때문에 수빈은 그동안 수영복이나 짧은 핫팬츠를 입어 본 적이 없었다.

왜냐하면 짧은 바지를 입으면 징그러운 화상 자국이 보였기 때문이다.

그동안 가족 외에 남에게 보이지 않았던 수빈의 콤플렉스인 화상이 카메라에 잡혔다.

미녀 소리를 들을 정도로 예쁜 얼굴과 여자 연예인 중에서도 탑으로 꼽을 정도로 몸매가 좋은 수빈이지만, 팔과 다리의 화상 자국 때문에 그동안 자신의 아름다운 몸매를 꽁꽁 싸매고 있었다.

그러던 것이 많은 사람들 앞에 노출이 되었다.

수빈은 비록 촬영이긴 하지만 무척이나 부끄러웠다.

팔의 상처는 그나마 나았다.

마지막 허벅지에 있는 상처의 치료만 남겨 두고 있을 때, 수빈은 숨이 가빠 왔다.

그도 그럴 것이 수술대 위에 누워 비록 상처 부위만 남기고 다른 부위는 가렸다고 하지만 부위가 부위다 보니 무척이나 예민해졌다.

"음……."

부분 마취를 하여 감각이 없지만 왠지 사람들의 시선이 자신의 하체로 쏠리는 느낌이 들어 긴장을 하였다.

그런 수빈의 상태를 느꼈는지 의사는 잠시 수빈의 얼굴을 쳐다보았다.

"긴장하지 않아도 됩니다."

의사는 긴장하는 수빈을 돌아보며 그렇게 위로를 하였다.

하지만 말과는 다르게 의사는 무척이나 긴장했다.

그도 그럴 것이 팔과는 다르게 지금 수술을 해야 할 허벅지 주변에는 주요 혈관들이 모여 있었다.

자칫 잘못 칼을 대었다가는 혈관을 자를 수도 있다.

만약 그렇게 되면 무척이나 심각한 문제가 발생할 수 있었다.

물론 그동안 이런 수술을 많이 했기에 방심만 하지 않는다면 이번 수술도 성공적으로 끝날 것이다.

"자! 이번이 마지막입니다. 마지막까지 긴장을 놓지 마시고 최선을 다합시다."

의사는 수술을 보조하는 간호사들에게 주의를 주고 수술에 들어갔다.

하지만 사고는 예기치 않게 발생을 하였다.

"어머!"

허벅지의 상처를 도려내고 들고 있던 메스를 간호사에게 넘겨주었는데, 그것을 받던 간호사가 그만 메스를 놓쳐버렸다.

손에서 벗어난 메스는 수빈의 허벅지에 떨어지며 그대로 꽂혀 버렸다.

너무도 순식간에 벌어진 일이라 어느 누구도 손을 쓸수 없었다.

4.
따라다니는 시선

"정신을 어디에 두고 있는 것이야!"

너무도 순식간에 벌어진 사고로 수술실은 아수라장이 되어 버렸다.

"꺼! 꺼!"

수술을 집도하던 의사나 간호사는 물론이고 촬영을 하고 있던 감독도 정신이 없었다.

"김 간! 응혈제 가져와! 뭐해!"

의사는 아직도 자신의 실수에 당황하고 있는 간호사에게 소리쳐 정신을 차리게 하며 수술 중 실수로 혈관을 다치게 하였을 때 사용하는 응혈제를 가져오라고 지시를 내렸다.

"네네."

간호사가 응혈제를 가지러 수술실을 빠져나가고 수술실은 수빈의 다리에서 흘러나오는 피를 어떻게든 막기 위해 분주했다.

"선생님! 그것으로는 안 되는 것입니까?"

수술 장면을 찍고 있던 감독은 문득 수술 도구 카트 위에 있는 치료제를 가리키며 물었다.

감독의 말에 의사는 눈을 동그랗게 떴다.

"아!"

의사는 감독의 말에 그제야 자신이 지금 어떤 제품을 사용하고 있었는지 생각이 났다.

지금까지 의사는 자신이 광고를 찍고 있다는 것도 잊어버리고 수빈의 수술에 심혈을 기울이고 있었다.

그렇다 보니 사고가 터지자 본능적으로 그동안 수술실에서 응급 상황이 발생했을 때 매뉴얼대로 행동을 했다.

그런데 감독의 말에 자신이 제약사에서 나온 신종 외상 치료제를 선전하기 위한 광고를 찍고 있었다는 것을 그제야 깨닫게 되었다.

수술에 들어가기 전, 아니, 광고를 찍기 전 제약사로부터 이 외상 치료제의 효능과 성분에 관해 들어 모두 숙지하고 있었다.

인체에 무해한 생약 성분으로 되어 있으며 기존 외상 치료제보다 효과가 탁월해 10배 이상 빠르게 상처를 치료한다고 하였다.

그 원리가 세포에 영양을 공급해 세포 분열을 활성화시키는 작용을 하기 때문이라 들었다.

이것까지 생각이 난 의사는 망설임 없이 조금 전까지 사용하던 라이프제약의 외상 치료제를 듬뿍 손에 찍어 조금 전 메스가 떨어져 찔린 상처에 도포하였다.

치료제가 상처에 도포가 되자 사청에서 새어 나오던 피가 더 이상 나오지 않았다.

비록 피가 배어 나오던 상처이긴 하지만, 예리한 메스에 찔린 상처면서 그리 큰 상처는 아니어서 그런지 치료제가 상처 부위를 덮자 더 이상 피가 흐르지 않았다.

의사는 그 모습에 어차피 화상 부위도 수술을 끝낸 상태였기에 차분히 그곳에도 치료제를 도포하기 시작했다.

상처와 화상을 수술한 곳 모두 약을 바른 의사는 보조하던 간호사가 자리에 없기에 손수 카트에서 붕대를 가져와 상처에 오염 물질이 감염이 되지 않도록 정성 들여 감았다.

한순간의 실수로 큰일을 치를 뻔한 의사는 붕대 감기가 끝나자 온몸에 힘이 풀려 자리에 주저앉고 말았다.

털썩!

"괜찮으십니까?"

의자가 자리에 주저앉자 감독은 그 모습이 걱정이 된 것인지, 아니면 더 이상 촬영을 하지 못하는 상황이 걱정이 된 것인지 모르겠지만, 조금 떨리는 목소리로 물었다.

그런 감독의 물음에 의사는 대답 대신 고개만 살짝 끄덕였다.

◈　　◈　　◈

한편 수술실 촬영 장면은 수술실에 들어가는 사람을 최소한으로 해야 하기에 의사와 간호사, 그리고 환자를 뺀 인원은 감독과 카메라 감독뿐이었다.

그렇기에 수술실 밖에서 촬영 스텝은 물론이고, 수한, 그리고 파이브돌스 전원이 대기를 하고 있었다.

파이브돌스가 대기를 하는 것은 광고 촬영이긴 하지만 수술을 받기 위해 수술대에 오른 동생이 걱정된 예빈 때문이었다.

대기실에서 촬영이 끝날 때까지 기다려도 될 일이지만, 동생이 걱정된 예빈은 그렇게 할 수가 없었다.

초조하게 수술이 끝나길 기다리고 있는데, 갑자기 수술

실 안쪽에서 소란스러운 소리가 들렸다.

"무슨 일이지?"

수술실 안에서 소란이 일자 예빈은 불안한 얼굴로 중얼거렸다.

괜히 자신이 억지로 수빈을 위험하게 만든 것은 아닌지 불안감이 온몸을 휘감았다.

덜컹!

예빈이 불안해할 때, 수술실 안에서 간호사가 나왔다.

수술실에서 아직 수술이 끝나지도 않았는데 간호사가 나오자 예빈은 얼굴이 창백해졌다.

"무슨 일이에요?"

창백한 얼굴의 예빈은 불안한 목소리로 간호사에게 질문을 하였다.

하지만 간호사는 예빈의 질문에 답을 하기보단 자신을 붙잡는 예빈을 떼어 내며 자신의 갈 길만 갔다.

그 모습에 복도에 대기하고 있던 사람들이 웅성거리기 시작했다.

"무슨 일 벌어진 거야!"

"사고가 난 건가?"

스텝들이 모여 떠드는 소리에 예빈의 표정은 더욱 나빠졌다.

"언니, 너무 걱정하지 마. 별일 아닐 거야."

"그래, 예빈아 별일 아닐 거야."

간호사가 현장을 떠나고 아직도 수술실 안에서는 어떤 말도 없기에 사람들이 웅성거리며 수술실 앞을 지켰다.

그런데 잠시 뒤 수술실 불이 꺼졌다.

"언니, 수술이 끝났나 봐!"

루나는 불안에 떨고 있는 예빈을 달래고 있다가 수술실 입구에 켜져 있던 수술중이란 푯말에 불이 꺼진 것을 보며 말했다.

루나의 말에 모든 사람들이 수술실 문 위를 쳐다보았다.

그리고 그들의 눈에 불이 꺼진 수술중이란 간판이 보였다.

"잠시만 비켜 주세요."

조금 전 떠났던 간호사가 뭔가를 들고 수술실로 다가오는 게 보였다.

간호사의 말에 수술실 앞에 있던 사람들이 자리를 비켜 주었다.

사람들이 길을 비켜 주자 간호사는 순식간에 빠른 걸음으로 수술실 안으로 들어갔다.

간호사가 안으로 들어가고 얼마 지나지 않아 이동식 침대에 누운 수빈이 밖으로 나왔다.

동생이 수술실을 나오자 예빈은 얼른 동생의 곁으로 다가가 물었다.

"수빈아! 괜찮아? 괜찮은 거야?"

"언니, 나 괜찮아."

비록 안에서 사고가 있기는 했지만 마취가 되어 있었기에 정작 수빈은 그것을 느끼지 못했다.

다만 자신의 주변에 있던 의사나 간호사 그리고 수술 장면을 촬영하고 있던 감독이 수선을 피우는 모습을 수술대 위에 누워 지켜보았을 뿐이다.

당시에는 그 모습에 느낌은 없었지만, 잘못되는 것은 아닌가, 하는 생각도 들기는 했다.

하지만 곧 수습이 되었기에 지금은 사고에 대하여 그리 깊게 생각하지 않았다.

자신은 별다른 느낌이 없는데 너무 걱정을 하는 언니 때문에 수빈은 언니를 안심시키기 위해 언니를 보며 밝게 웃어 주었다.

"수술은 성공적으로 끝났데. 이제 앞으로 경과만 지켜보면 된다고 했어."

"그래 잘됐다, 잘됐어……."

"언니 울지 마, 왜 울어."

예빈은 침대에 누워 있는 동생을 보며 울었고, 그런 언니의 모습에 수빈은 붕대를 감은 손으로 예빈의 볼을 쓰다 듬으며 언니를 달랬다.

"잠시만 비켜 주세요. 병실로 이동하겠습니다."

간호사는 복도가 혼잡해 침대를 옮길 수가 없자 그렇게 말을 하였다.

침대를 붙잡고 동생과 이야기를 하는 예빈 때문에 수빈이 누워 있는 침대가 병실로 이동을 못 하자 수정이 다가와 예빈을 붙잡았다.

"예빈아, 우선 수빈이 병실로 옮기고 우리도 수빈이 병실로 가서 남은 이야기 하자."

수정은 침대를 붙잡고 있는 예빈을 달래며 수빈이 빠르게 병실로 이동할 수 있게 도와주었다.

수빈이 누운 침대가 빠르게 복도를 지나 병실로 이동을 하였다.

그리고 그 뒤로 수술을 마친 의사가 지나가고 마지막으로 수술 장면을 촬영하던 감독과 카메라 감독이 카메라를 들고 수술실을 빠져나왔다.

"오늘 촬영은 여기까지 하고 내일 오후 2시에 촬영을 할 것이니 늦지 않게들 와!"

감독은 복도에 대기하던 스텝들에게 그렇게 말을 하고, 카메라 감독과 함께 이야기를 하며 복도를 빠져나갔다.

한편 복도에 파이브돌스와 함께 있었던 수한은 조금 전 수술실 안에서 어떤 일이 있었는지 궁금해졌다.

혹시나 그 일이 나중에 문제가 되지는 않을까 싶은 마음에 감독을 따라나섰다.

"저, 감독님! 잠시 이야기 좀 하시지요."

수한은 감독을 따라나서며 카메라 감독과 이야기를 하고 있는 감독에게 말을 걸었다.

◆　　　◆　　　◆

서울남부 구치소.

늦은 밤, 한 남자는 잠을 이룰 수가 없었다.

"하, 이제 어떻게 되는 것이지."

자신의 신세를 한탄하는 그 남자는 멍한 표정으로 천장을 올려다보며 그렇게 자신의 미래를 생각했다.

유복한 가정에서 태어나 풍족한 유년 시절을 보내고, 좋은 대학, 좋은 직장에 입사했다.

직장 내에서도 줄을 잘 서 다른 동기들보다 빠르게 진급을 하였고, 직장인들의 꿈이라는 이사에 등재되고 상무, 그리고 급기야 전무의 자리까지 올랐다.

물론 그 자리까지 오르는 동안 순탄하지만은 않았다.

과장, 부장까지야 노력으로 오를 수 있었지만, 평범한 직장인이 오를 수 있는 것은 부장까지가 한계.

그 때문에 자신은 더러운 일도 마다하지 않고 입신양명을 위해서라면 모든 일을 하였다.

그래서 대기업 계열사인 일신제약에서 전무의 자리까지 올랐는데, 한순간에 나락으로 떨어지고 말았다.

평소처럼 경쟁 업체를 음모를 꾸며 함정으로 밀어 넣었다.

하지만 재주는 곰이 부리고 돈은 왕서방이 챙긴다고 했던가.

자신이 꾸몄던 음모에 빠졌던 경쟁업체는 엉뚱한 놈이 끼어들어 가로챘다.

그 건만 해결되었다면 부사장의 자리도 어렵지 않았는데, 그놈 때문에 모든 것이 수포로 돌아갔다.

아니, 수포로 돌아갈 뻔했던 일을 기지를 부려 가까스로 위기를 넘겼다.

하지만 자신의 불행은 그것이 끝이 아니었다.

위기를 넘긴 것에서 멈춰야 했는데, 그놈의 자존심 때문에 자신의 일을 망친 놈에게 복수를 하기 위해 조폭에게 의뢰를 하였다.

그렇지만 무슨 일인지 조폭은 자신의 의뢰를 위약금까

지 물어 가며 포기를 하였다.

그때까지만 해도 기회가 있었다.

하지만 자신은 그것이 기회란 것을 알지 못했다.

이미 흥분한 자신은 자존심을 회복하기 위해 조폭이 포기한 일을 양아치들을 이용해 세우기로 하였던 것이다.

그 일이 자신을 파멸로 이끌지는 그때는 몰랐다.

"제길, 그놈이 로열 패밀리였을 줄이야!"

너무도 억울했다.

설마 자신이 납치해 보복하려던 사람이 대한민국을 좌지우지 할 수 있는 힘을 지닌 로열 패밀리의 일원이었을 줄 누가 알았겠는가.

더욱이 여타 로열 패밀리와 다르게 개인적으로도 무척이나 싸움을 잘했다.

그대 자신이 한 대라도 때렸다면 지금 억울하지도 않았을 것이다.

결과적으로 자신은 양아치들을 동원하기 위해 돈도 쓰고 보복의 대상이었던 그놈에게 폭행도 당하고 또 잘나가던 직장도 잃고, 모아 두었던 재산도 피해 보상이란 명분으로 모두 날렸다.

더욱이 이제는 자신이 사주한 일 때문에 감옥에 가야만 했다.

예전 같았으면 자신의 배경으로 인해 집행유예로 풀려나거나 보석으로 풀려났을 수도 있는 일이지만, 현재 자신의 처지로는 그것이 불가능했다.

가진 재산은 그놈과 또 자신의 직장이던 일신제약에 피해 보상이란 명목으로 거덜이 났다.

그 때문에 부인은 이혼을 신청을 하였고, 자식들은 연을 끊었다.

"제길, 난 끝났어! 내 인생은 좆 난 거야!"

쿵! 쿵! 쿵!

침대에 누워 멍하니 자신의 일을 생각하던 그는 벌떡 자리에서 일어나 별안간 벽에 대고 머리를 박기 시작했다.

"야 이 X발놈아! 잠 좀 자자!"

그가 떠들고 벽에 머리를 박는 소리에 깼는지 또 다른 구치소 감방에 자고 있던 누군가가 소리쳤다.

한편 남자가 한탄을 하고 있을 때, 같은 방구석에 누워 있던 한 남자가 조용히 눈을 떴다.

불도 없어 어두웠지만 그 남자는 자신의 자리에서 일어나 벽에 머리를 박던 김장근의 모습을 보고 있었다.

감방 안에 몇 명의 죄수들이 있기는 했지만 다른 이들은 이미 잠이 깊게 들었는지 김장근의 소란에도 약간의 코까지 골고 있었다.

눈을 뜬 남자는 자신의 주변에 있는 자들이 모두 깊은 잠에 빠져 있는 것을 확인하고 멍하니 벽에 머리를 기대고 있는 김장근의 뒤로 접근을 하였다.

그가 자신의 등 뒤로 접근을 하고 있었지만 김장근은 아무것도 느끼지 못하고 그저 멍하니 벽에 이마를 붙이고 있을 뿐이다.

아무것도 모르고 벽에 기댄 김장근의 뒤통수를 노려보던 남자는 손을 뻗었다.

손을 뻗은 남자는 한 손으로 김장근의 입과 턱을 한꺼번에 잡고 다른 손으로는 교차해 반대쪽 머리를 감싸듯 잡았다.

"읍!"

한밤중에 누군가 자신의 뒤를 잡고 입을 틀어막자 김장근은 깜짝 놀랐다.

하지만 입이 막았기 때문에 큰 소리를 내지는 못했다.

우두둑!

무언가 부러지는 소리가 들리더니 김장근의 몸이 쭉 늘어져 버렸다.

사내는 김장근의 머리를 잡고 반대로 순간 돌려 버렸다.

영화에 나오는 특공대나 암살자가 사람을 소리 없이 죽

일 때 목을 비틀어 죽이듯 그렇게 목을 비틀어 단숨에 김장근의 목숨을 거둬들인 것이다.

사내는 늘어지는 김장근의 몸을 붙잡아 소리가 나지 않게 눕혀 끌었다.

그가 김장근의 시체를 끌고 간 곳은 감방의 철창이 있는 곳이었다.

철창 근처로 김장근의 시체를 끌고 온 그는 김장근이 입고 있던 죄수복 상의를 벗겼다.

그리 그것을 길게 찢었는데, 작은 소음이 있었지만 이미 깊게 잠이 든 다른 죄수들은 그 소리를 듣지 못했다.

찢은 천으로 밧줄을 만든 사내는 그것으로 올가미를 만들어 철창에 걸었다.

그리고 비틀린 김장근의 목뼈를 맞추고 김장근의 몸을 들어 올가미를 목에 감았다.

지금 그가 하려는 것은 자신이 죽인 김장근을 자살로 꾸미려는 것이었다.

내일 아침에 김장근의 시체를 확인한 사람들은 그가 타살이 된 것이 아니라 모두가 잠든 밤, 자신의 처지를 비관한 자신의 죄수복을 가지고 밧줄을 만들어 철창에 목을 매달아 자살한 것으로 생각할 것이다.

물론 자세히 과학수사를 한다면 흔적이 남을 수도 있다.

그 또한 이미 손을 써 두었다.

이곳 구치소는 물론이고, 경찰, 검찰에까지 남자를 돕는 손길이 있었다.

그러니 조사가 들어가더라도 사내는 드러나지 않을 것이고, 김장근의 사인은 비관 자살로 결론이 날 것이다.

모든 일을 끝낸 사내는 다시 자신의 자리로 가 잠을 청했다.

참으로 무서운 일이 아닐 수 없었다.

한 사람을 죽이고 그것도 타살이 아닌 자살로 꾸며 놓고 같은 공간에 잠을 청한다. 정말이지 상식적으로 이해할 수 없는 행동을 하고 있었지만, 경찰이 조사를 하여 타살이라 판명돼도 범인이 같은 방 죄수라고는 생각지 못할 것이다.

물론 초기에는 용의선상에 오를 수는 있지만 범인의 키나 체형을 보면 김장근을 죽이고 자살로 꾸밀 정도로 힘이 있어 보이지 않기 때문에 금방 용의선상에서 벗어날 것이 분명했다.

범인은 이런 모든 것을 감안하고 감옥에 들어온 것이기도 했다.

이것만 봐도 범인이 단순한 범죄자가 아닌, 전문적인 킬러임을 알 수 있었다.

'한 가지는 처리했고, 이제 하나 남았다.'

범인은 자리에 누우며 그렇게 생각을 하였다.

이 남자가 의뢰를 받은 일은 두 가지였다.

하나는 김장근의 죽음이고, 남은 하나는 김장근을 감옥에 보낸 정수한의 죽음이었다.

하지만 김장근과 다르게 정수한의 처리는 무척이나 신중하게 생각을 해야 할 일이다.

그 본인도 무력이 뛰어날 뿐 아니라, 본인 모르게 경호원들이 지근거리에서 따라다녔다.

경호업계에서 최고인 천하가드 소속의 1급 경호원들이 붙어 있었다.

그렇지만 사내에게는 경호원이 있더라도 상관이 없었다.

의뢰인은 타깃이 어떻게 죽든 상관이 없다고 했기 때문이다.

그저 목표의 죽음이 의뢰인의 최종 목적이었기에 사내에게도 이번 의뢰는 무척이나 쉬운 의뢰였다.

◆　　◆　　◆

"네, 알겠습니다. 의뢰비의 절반을 계좌로 입금하겠습니다. 마무리도 잘해 주시리라 믿겠습니다."

탁!

료코는 전화기를 내려놓고 차가운 눈빛으로 창밖을 한 번 쳐다보았다.

그러고는 자리에서 일어나 옷매무새를 추스르고 지사장실에 노크를 하였다.

똑똑!

"지사장님, 료코입니다."

노크를 하자 안에서 들어오라는 말이 들려왔다.

"들어와!"

딸칵!

"무슨 일이지?"

"한국에서 X에게서 연락이 왔습니다."

"그래?"

"우선 상무님을 곤란하게 만든 일신의 그자를 먼저 처리했다고 합니다."

하야시 지사장은 료코의 보고에 고개도 돌리지 않고 듣고만 있었다.

그런 하야시의 모습에도 료코는 표정 변화 없이 보고를 계속하였다.

"정수한은 현재 그를 보호하는 세력이 있어서 조금 시간이 걸릴 것 같다고 합니다."

"그건 중요하지 않아. 하지만 너무 늦어져서는 안 돼."

"알겠습니다, 그렇게 전하겠습니다."

자신의 지시에 이유를 달지 않고 언제나 헌신적인 료코의 모습에 하야시는 인도네시아지사로 좌천이 되어 온 스트레스가 어느 정도 해소가 되는 기분이 들었다.

이미 이곳으로 오면서 부인과는 이혼을 하였다.

그렇기에 현재 하야시 지사장에게 남은 것이라고는 약간의 재산과 인도네시아지사장이란 직함뿐이었다.

사실 이혼을 요구한 것도 하야시가 아닌 그의 부인이었다.

뭐 어차피 정략에 의한 결혼이었기에 이혼을 한 것은 별로 신경이 쓰이지 않았다.

하지만 자식들까지 자신을 외면할지는 정말로 몰랐다.

그 때문에 한동안 정신을 차리지 못했지만 곁에 남은 료코로 인해 금방 안정을 찾을 수 있었다.

뿐만 아니라 식어 가던 젊은 날 야망에 불타던 그때로 돌아갈 수 있었다.

하야시는 들여다보던 서류에서 시선을 떼고 고개를 들어 보고를 하던 료코를 보더니 조용히 손짓을 하였다.

하야시의 손짓이 무엇을 뜻하는지 잘 알고 있는 료코의 얼굴이 살짝 붉어지더니 표정에 나타났다 사라졌다.

료코는 지사장실 문을 잠그고 하야시 지사장의 곁으로 걸어가며 블라우스의 단추를 하나씩 풀었다.

◆   ◆   ◆

"음, 누구지?"

수한은 요즘 누군가 자신을 주시하고 있다는 느낌을 받았다.

거기다 누구인지 알아보기 위해 고개를 돌리면 어떻게 알았는지 기운을 숨기는 것이었다.

그로 보아 절대 평범한 사람은 아니란 생각이 들었다.

그래서 마법을 사용해서 추적을 할까도 궁리해 보았지만, 사람들이 많은 대도시에서 마법을 이용해 관찰자를 찾아낸다는 것은 사실 불가능한 일이었다.

억지로 하려고 한다면 그렇게 할 수도 있다. 하지만 그렇게 한들 찾는 데 들어가는 노력에 비해, 얻는 건 너무도 미비했다. 효율을 중요하게 생각하는 수한에 있어 너무도 비이성적이고 비실용적인 행위였다.

그렇기에 자신을 주시하는 시선의 주인공이 언젠간 용무를 해결하기 위해 자신의 앞에 나타날 것이라 판단하고 찾는 것을 그만두었다.

오늘도 퇴근을 하고 자신을 보자는 할아버지를 만나기 위해 연구소를 나오는데, 역시나 그의 감(感)에 관찰자의 시선이 느껴졌다.

그렇지만 수한은 금방 자신을 주시하는 시선에 관심을 끊고 목적지를 향해 출발을 하였다.

수한의 차가 떠나고 연구소에서 조금 떨어진 모텔의 한 객실의 창문이 닫혔다.

모텔의 창문을 닫은 남자는 모텔을 나섰다.

들어온 지 몇 시간 되지도 않았는데 체크아웃을 하는 그를 이상하게 볼 수도 있었지만 모텔 측에서는 오히려 감사했다.

모텔의 입장에서 손님이 일찍 체크아웃을 한다는 것은 또 다른 손님을 들일 수 있다는 말이기에 그가 나가자마자 바로 청소를 하고 손님을 받았다.

◈　　◈　　◈

"혼자서 처리하기에는 그자를 따라다니는 경호원이 여간 신경이 쓰이는군."

프로 해결사인 X는 두 가지 의뢰를 받았다.

돈만 주어진다면 어떤 일도 마다하지 않는 그이기에 한

꺼번에 두 가지나 되는 의뢰를 흔쾌히 승낙했다.

그가 판단하기에 의뢰는 그리 어려운 일이 아니었다.

두 가지 의뢰 모두 타깃을 죽이면 되는 일이었다.

의뢰의 내용은 둘 모두 자살한 것처럼 꾸며서 타살의 흔적을 남기지 말라는 것이었지만, 여의치 않으면 그냥 죽여도 된다고 하였다.

의뢰에 옵션이 붙었기에 일을 끝내고 나면 추가 비용도 받을 수 있어, 그에게 있어 참으로 오랜만에 들어온 괜찮은 일이었다.

첫 의뢰를 처리하는 것은 너무도 쉬웠다.

이미 타깃이 어디 있는지도 알고 있었기에 적당한 명분을 만들어 타깃의 근처로 가면 되었다.

이미 내부에는 자신이 속한 조직에서 작업하는 사람들이 포진해 있어 들어가는 것은 일도 아니다.

대기업 간부였다는 그자의 처리는 너무도 간단했다.

그자의 사인은 비관 자살로 결론이 났다.

이제 남은 것은 21살의 어린 청년이었다.

타깃을 처리하기 전 조사를 하는 과정에서 느끼기에 참으로 죽이기 아까운 청년이란 생각이 들기도 했다.

하지만 그건 그것이고 자신은 가족을 위해서 돈을 벌어야 했다.

이 대한민국이란 나라는 돈이 없으면 사람을 사람 취급을 해 주지 않았다.

처음 대한민국에 왔을 때만 해도 자신은 가족과 함께 행복할 수 있을 것이라 생각했다.

감시도 없고 어디를 가든 사상 교육이나 조사를 받을 필요도 없는 행동에 자유가 있는 나라였다.

그 때문에 자신과 가족은 꿈과 희망에 부풀어 있었다.

하지만 그런 생각도 잠시 자유가 주어진 반면 그 책임도 혹독했다.

가족이 탈북을 하고 이곳에 정착을 하면서 받은 정착 자금을 사기 당했다.

그 뒤부터였다.

자신의 가족들이 힘들어지기 시작한 것은.

그렇게 사기를 당하고 난 뒤부터 이 대한민국이란 나라가 꿈에 그리던 따뜻한 나라가 아니란 것을 알았다.

돈이 없으니 북이나 남이나 똑같았다.

무엇을 하려고 해도 돈이 우선이었다.

아파서 병원에 가도 돈이 없으면 치료를 받을 수도 없었다.

뿐만 아니라 자신들의 억양이나 말투가 한국 사람들과 다르다 보니 바라보는 시선도 무척이나 냉담했다.

막노동도 나가 보았다. 하지만 하는 일에 비해 그리 많은 돈을 벌지는 못했다.

하지만 우연히 해결사란 것을 알게 되었다.

예전 북에 있을 때, 알고 지내던 사람의 소개로 흥신소에 들어가게 되었고, 그들이 하는 일이 다른 사람의 의뢰를 받아 그 일을 처리하면 끝이었다.

별로 힘들지도 않았다. 하지만 하는 일에 비해 받는 돈은 참으로 많았다.

흥신소에 다니며 일을 배웠다.

북에서 하던 일에 비해 무척이나 쉬운 일이었다.

북한의 특수부대인 해상 저격여단에 소속되어 있었기에 아무리 힘든 일이나 의뢰도 자신이 특수훈련을 받은 자신에게는 일도 아니었다.

그리고 의뢰 중 가장 돈이 많이 되는 건 이번처럼 사람을 죽이는 일이었다.

자신처럼 탈북자 출신의 해결사가 한국에 생각 보다 많았고, 또 그 출신들도 자신과 같은 해상 저격여단 출신도 있고, 경보여단 출신도 있었다.

자신을 흥신소에 소개해 준 사람은 자신과 같은 해상 저격여단 출신이었다.

아무래도 이번 의뢰는 그와 함께해야 할 듯싶었다.

아무리 돈이 좋아도 내가 죽으면 모두 쓸모없는 것이었다.

그러니 그를 자신의 방수로 불러 타깃을 경호하는 경호원을 타깃에게서 떼어 놓아야 의뢰를 마칠 수 있지 않겠는가?

"리 동무! 나 곽이오."

자신을 도와줄 방수를 섭외하기 위해 그에게 전화를 건 곽철헌은 용건을 말했다.

"돈을 벌 수 있는 건수가 있는데 함 하지 않갔어?"

아직 그가 이 일을 할지 아니면 거절할지 모르기에 자세한 내용이나 금액은 말하지 않았다.

"알갔어! 그럼 1시간 뒤 모란각에서 보자우!"

곽철헌은 금천구에 있는 북한 음식 전문점인 모란각에서 만나자는 약속을 하고 전화를 끊었다.

모란각은 탈북자 중 한 명이 운영하는 음식점으로 정통 북한 음식을 만들어 팔기에 탈북자든지 6.25 때 피난 온 실향민들이 많이 찾는 곳이었다.

곽철헌이 동향 사람인 리철명을 만나기에 의심을 사지 않는 장소 중 한 곳이 바로 이곳 모란각이었다.

사실 곽철헌이나 리철명 같이 북한 특수부대를 나온 이들은 대한민국 국가정보원의 감시 대상에 포함되어 있었다.

이들은 북한을 탈출해 대한민국에 들어오면서 국가정보원에서 여러 가지 조사를 받고 또 적응 훈련을 받았다.

　그리고 사회로 나오기 전 한 가지 다짐을 받은 것이 있는데, 그것은 바로 북한 특수부대원 출신들은 한곳에 모이지 않는다는 것이었다.

　만약 이들이 모여 사고를 치게 된다면 엄청난 일이 벌어질 게 분명했기 때문이다.

　아무리 대한민국 경찰 특공대가 있고, 또 수도 방위사단이 있다고 하지만, 사고가 난 다음 수습을 하는 정도일 뿐이지 대비할 수 없기 때문에 국정원으로서는 이들의 행동에 제한을 둔 것이다.

　곽철헌도 이런 국정원의 말에 수긍을 하고 최대한 피했다.

　하지만 어쩔 수 없는 일도 있는 것이다.

　다른 탈북자가 어디 출신인지 이야기를 하지 않으면 알 수 없는 일 아닌가.

　물론 말을 하지 않더라도 분위기만 봐도 어느 정도 짐작은 할 수 있지만 어찌 되었든 이번 일을 해결하기 위해선 방수가 있어야 하기에 국정원의 감시를 피해 그를 만나야 했다.

◆　　　◆　　　◆

스르륵!

"어서 오세요."

곽철헌이 음식점 문을 열고 들어서자 안에서 식당 직원이 맞이하였다.

"나 곽철헌인데, 혹시 나 찾는 손님 안 왔니?"

모란각의 단골인 철헌은 자신의 얼굴을 알고 있는 직원에게 물었다.

그가 찾는 손님은 1시간 전 전화 통화를 한 리철명이 도착을 했는지 알아보기 위한 질문이었다.

"예, 조금 전 두 사람이 와서 매실에서 기다리고 있습니다."

직원은 곽철헌의 질문에 그를 찾아온 손님이 있는 곳을 안내하였다.

그런데 곽철헌은 직원의 말에 인상을 찡그렸다.

자신이 통화를 한 사람은 리철명 한 명뿐인데, 두 명이 자신을 기다리고 있다는 말에 의문이 들었다.

'음, 리철명이 아닌가? 그럼 누구지?'

곽철헌은 지금 하는 일 때문에 신경이 무척 예민해져 있었다.

지금까지 조심을 했는데, 자신이 실수한 것이 있는지 생각해 보았다.

하지만 지금까지 자신이 실수한 건 아무것도 없었다.

일단 누가 자신을 기다리고 있는지 만나 봐야 어떻게 할 것인지 판단이 설 것 같았다.

혹시 국정원에서 자신을 시험하기 위해 나온 것일 수도 있기에 일단 자신을 기다리는 사람이 있는 곳으로 향했다.

입구에 매(梅)라는 푯말이 붙어 있는 방 입구에 섰다.

그리고 곽철헌은 입구에 서서 일단 심호흡을 하였다.

"후!"

심호흡을 하고나니 조금은 기분이 안정이 되었다.

똑! 똑! 스르륵!

곽철헌을 안내한 직원은 노크를 두 번 하고 문을 열었다.

문이 열리고 곽철헌은 매실 안으로 들어갔다.

"좋은 시간 되십시오."

직원은 곽철헌을 안내하고 바로 밖으로 나갔다.

직원이 자리를 떠나고 실내에는 세 명만이 남았다.

"어서 오시라오, 곽 동무."

"좀 늦었습네다, 리 동무."

곽철헌이 안으로 들어오자 먼저 도착했던 리철명이 인

사를 하였다.

자신을 보며 인사를 하는 리철명을 보며 곽철헌도 마주 인사를 하였다.

"그런데 옆에 계신 분은 누군기요?"

처음 보는 사람이 리철명의 옆에 앉아 있자 곽철헌이 물었다.

"아! 인사하기요. 이기 이분은 내 매형이라요."

"김갑돌입네다."

리철명의 소개에 김갑돌은 자리에서 일어나 인사를 하였다.

곽철헌은 자신의 보며 인사를 하는 김갑돌을 유심히 관찰을 하였다.

그런데 김갑돌에게서 무언가 익숙한 기분을 느꼈다.

왠지 익숙한 느낌이 곽철헌의 기분을 울적하게 만들었다.

'지금 이 사람에게서 무척이나 익숙한 느낌이 드는데, 이건 뭐네?'

너무도 익숙한 느낌에 곽철헌은 인사를 하는 김갑돌을 보았지만 아무런 말을 하지 않았다.

그런 곽철헌의 모습에 김갑돌은 물론이고, 리철명 또한 초조하게 곽철헌의 얼굴을 주시했다.

사실 리철명이 자신의 매형인 김갑돌을 허락도 받지 않고 이 자리에 데려온 것은 얼마 전 사기를 당해 정착 자금을 모두 날려 버린 매형에게 일거리라도 알선하기 위해서였다.

대한민국에서 탈북자가 할 수 있는 일은 별로 없었다.

막노동판도 중국인이나 조선족은 쉽게 일자리를 구할 수 있지만 탈북자는 그렇지 못했다.

말로는 같은 동포라고 떠들면서도 막상 함께 있을 때는 색안경을 쓰고 쳐다볼 때가 많았다.

그 때문에 탈북자는 어느 곳에도 쉽게 융합되지 못했다.

그러다 보니 정착금이 떨어지면 생계가 막막했다.

그래서 탈북자들은 자신들만의 커뮤니티를 만들어 서로 도왔다.

탈북자라고 해서 모두 형편이 나쁜 것만은 아니었기에 알음알음 소개를 하여 일거리를 나눴다.

이곳 모란각 주인도 그런 사람 중 한 명으로 될 수 있으면 이곳 직원도 탈북자 출신으로 쓰려고 하였고, 또 일손이 부족할 때면 일없는 탈북자를 도우미로 부르기도 했다.

그랬기에 탈북자들이 이곳 모란각을 만남의 광장으로 활용하기도 하는 것이다.

한편 자신을 초조하게 지켜보는 리철명과 김갑돌을 놔

두고 생각에 잠겨 있던 곽철헌은 그에게 익숙한 느낌을 받았는지 깨달을 수 있었다.

오래전 자신이 사기를 당해 돈을 모두 잃어버렸을 때 모습과 아주 비슷했다.

"곽철헌이오. 혹시 일 필요하기오?"

곽철헌은 거두절미하고 자신이 느낀 대로 물었다.

그런 곽철헌의 질문에 김갑돌은 망설이지 않고 대답을 하였다.

"그렇습네다. 혹시 내가 할 수 있는 일이 있소?"

곽철헌은 처음 리철명만 섭외해 타깃에게 붙어 있는 경호원을 떼 놓으려고 하였다.

하지만 곧 생각을 바꿔 리철명뿐 아니라 앞에 있는 김갑돌도 함께 하기로 했다.

"이게 합법적인 일은 아닌데, 그래도 하갔서?"

곽철헌은 혹시나 싶은 마음에 목소리를 줄여 은근하게 다시 한 번 제안을 하였다.

곽철헌이 보기에 김갑돌은 한국에 들어온 지 얼마 되지 않아 조금은 어리바리해 보였기에 혹시나 실수를 할 수도 있었기에 그의 마음가짐을 물어보는 것이었다.

"무엇이라도 시켜 주시라요. 내래 돈이 아주 급하오. 돈이만 벌 수 있다면 내 뭐든 하갔서."

뭐가 그리 급한지 김갑돌은 결의에 찬 눈으로 그렇게 대답을 하였다.

그리고 그런 김갑돌의 대답에 곽철헌은 지금 김갑돌에게 돈이 무척이나 절실하다는 것을 알 수 있었다.

이쯤 되자 곽철헌은 리철명을 돌아보며 자신이 그를 만나기로 했던 용건을 이야기하기 시작했다.

그리고 이야기가 길어질수록 이야기를 듣던 리철명과 김갑돌의 표정이 수시로 바뀌었지만 그렇다고 곽철헌의 제안을 거절하지는 않았다.

◈　　◈　　◈

자신을 따라다니던 시선이 요 근래 더욱 강렬하게 느껴졌다.

조만간 뭔가 일이 벌어질 것 같다는 예감이 들었다.

'음, 조만간 뭔 일인지 벌어질 것 같군!'

수한이 이런 생각을 하는 이유는 시선 중간중간 피부를 간질이는 살기가 느껴졌기 때문이다.

살기란 것이 뭐 특별한 기운도 아니지만, 그렇다고 아무나 할 수 있는 것도 아니다.

이는 지금 자신을 향한 살기는 살인을 경험한 존재의

것임을 쉽게 알 수 있었다.

"드디어 결심이 선 것인가?"

그동안 자신을 따라다니며 관찰만 하던 존재가 결심을 했는지 살기를 자신을 향해 쏟아 내고 있었다.

수한은 걸음을 멈추고 자신을 향해 쏟아지는 살기가 느껴지는 방향을 돌아보았다.

물론 그의 시선에 걸리는 건 아무것도 없었다.

하지만 자신의 시선 너머에 지금 자신을 향해 살기를 쏟아 내는 존재가 자신을 지켜보고 있음을 의심치 않았다.

"조만간 누군지 알 수 있겠지."

수한은 그렇게 중얼거리며 자신에게 쏟아지는 살기를 털어 내듯 슬쩍 어깨를 으쓱하고 자신의 차에 올랐다.

한편 수한의 행동을 지켜보고 있던 곽철헌은 수한의 행동에 움찔하였다.

그도 그럴 것이 이번에도 자신이 있는 곳을 수한이 쳐다보았기 때문이다.

타깃과 자신의 거리는 사람의 육안으로는 식별할 수 없을 정도로 먼 거리였다.

사전에 조사 과정에서 타깃이 머리만 똑똑한 수재가 아니라 싸움도 잘하는 아니, 특별한 무술을 익힌 존재란 것을 알게 되었다.

그래서 수한을 관찰하기 위해 고배율의 망원경을 이용해 멀리서 관찰을 하고 있었다.

그런데 한 번도 아니고 번번이 자신이 있는 곳을 들켰다.

물론 타깃이 자신의 존재를 확인한 것이 아니라 믿고 있지만, 고개를 돌렸다는 것만으로도 그가 얼마나 감각이 예민한 사람인지 알 수 있었다.

"저자가 이번 타깃이오?"

리철명이 생각에 잠겨 있는 곽철헌에게 말을 걸었다.

곽철헌은 리철명의 질문에 고개를 끄덕였다.

"저자는 상당한 무술을 익히고 있다고 하디요. 거기다 뒷배가 튼튼해 경호원까지 두고 있으니, 나 혼자서 처리할 수 없어 리 동무와 김 동무의 도움이 절실함이요."

"그럼 우리가 할 일이 자세히 뭐래요?"

리철명은 세부 사정을 들어야 했다.

그가 느끼기에 곽철헌이 조만간 일을 벌일 것이란 예감이 들었다.

그렇기에 자신이 할 일을 자세히 알아야만 했다.

일에 따라서 자신이 받을 금액이 달라져야 하기 때문이다.

"리철명 동무와 김갑돌 동무는 저자에게 붙어 있는 경

호원을 떼어 주시라요. 저자는 내가 알아서 처리하디요."

곽철헌은 비록 도움을 청하긴 했지만 타깃은 자신이 직접 처리하려고 했다.

자신뿐 아니라 리철명 또한 자신과 같은 조직에서 일하는 해결사였다.

그렇다보니 이런 일에 대한 보상에 대하여 잘 알고 있었다.

주공이 갑(甲)이고 조공이 을(乙)이다. 갑을 하면 많은 돈을 가져가고, 을을 하면 그만큼 적은 돈을 가져간다.

의뢰를 받은 것은 자신이니, 자신이 갑이 되어야 한다.

더욱이 이들뿐만 아니라 자신도 돈이 꼭 필요하기 때문에 남에게 양보를 할 수도 없다.

그런데 조금 전부터 김갑돌은 무언가를 생각하는지 말이 없었다.

곽철헌이 준 일을 처리하기 위해 자신이 할 일이 무언지 알기 위해 이곳까지 따라왔다.

그가 알려 준 일에 대하여 듣고 확인을 하였다.

그리고 자신이 누군가를 죽이는 일에 방수로 일하게 되었음을 알고 있었지만, 대상은 조금 전에 확인을 하였다.

하지만 막상 대상을 확인한 김갑돌은 차마 이 일을 하지 못할 것 같았다.

물론 돈이 절실히 필요했다. 자신이 돈을 벌어 가지 않으면 몸이 약한 자신의 부인이 치료를 받지 못하니까.

아내는 북한을 탈출하고 또 한국으로 들어오는 과정에서 너무도 고생을 한 나머지 병이 나고 말았다.

그런데 약값으로 사용해야 할 돈을 사기 당해 버렸다.

그래서 매제인 리철명이 일거리가 있다고 해서 따라나섰는데, 그 일거리가 자신의 은인이자, 가족의 은인을 죽이는 일이란 것을 이제야 알게 된 김갑돌은 정신이 혼란스러웠다.

가족을 위해선 나서야 했지만 또 다른 한편으로는 이 일을 막아야 한다고 생각해 혼란이 온 것이다.

5.
다시 만난 인연

천하그룹, 대한민국 재계 순위 30위의 대기업이다.

한때 위기도 있었지만 위기를 노사가 하나로 뭉쳐 극복을 하였다.

IMF시절 대한민국 모든 기업들이 위기였다.

그런 어려운 시절 천하그룹 회장인 정대한은 다른 기업들이 위기를 직원들의 정리해고로 위기를 극복하려는 것과 다르게, 가장 먼저 한 일은 자신과 임원들의 월급을 삭감하는 일을 먼저 하였다.

그리고 거기에 그치지 않고 자신의 사재를 털어 그룹의 재무 구조를 개선하였다.

이러한 상황에 힘입어 노조에서도 그룹 경영진의 노력을 깨닫고 그룹 정상화에 협조를 하였다.

이렇게 노사가 한마음 한뜻이 되어 위기의 IMF시절을 극복하였다.

그런데 천하그룹에 또 한 번의 위기가 닥쳐 왔다.

하지만 이번 위기는 그저 그룹을 흔드는 위기만 온 것이 아니라, 이번 문제만 해결이 되면 천하그룹이 다시 한번 도약할 수 있는 보너스도 함께 다가왔다.

그 말이 무슨 말인가 하면 국방부에서 이번에 전국에 있는 방위산업체에 차세대 전차 개발 계획을 발표한 것이다.

국방부에서 이런 발표를 한 배경에는 내년으로 닥쳐 온 주한미군의 부분 철수 문제가 있었다.

그동안 대한민국은 전시작전권을 회수하는 문제로 미국과 많은 협상을 하였다.

일부 정치권에서는 아직 시기상조다 뭐다 하며 작전권 회수의 시기를 최대한 늦추려 하였지만, 그럴수록 미국은 이전 주한미군을 주둔했을 때보다 더 많은 부담을 대한민국에 강요를 하였다.

그로 인해 군에 들어가야 할 예산이 주한미군 주둔 비용으로 전용이 되었고, 그러다 보니 군에서 필요로 하는

군 장비들의 도입이 늦어졌다. 또 주한미군이 철수를 하면 그 공백을 메우는 데 곤란을 겪게 된다는 연구 결과로 인해 다시 한 번 미군 철수시기를 늦추며 다시 예산을 허비해야 하는 악순환에 빠지게 된 것이다.

그래서 군에서는 강력한 주장을 하게 되었다.

군이 주한미군에 국방을 의지하기보다 현 대한민국 군의 전력을 향상시켜 주한미군이 철수를 했을 때 그 자리를 빈틈없이 메우자는 주장을 하였다.

그리고 그런 주장은 누가 들어도 타당성이 있었다.

해가 갈수록 미국에서는 예산을 들어 군을 감축하려고 하였다.

그러한 중에 해외에 주둔 중인 미군의 운용에 많은 부담을 느끼며 파병 규모를 줄이기 시작하였다.

하지만 대한민국은 사회주의와 민주주의의 첨예한 대립을 벌이고 있는 세계의 화약고 중 하나.

그 때문에 미국도 함부로 주한미군을 철수시키려는 생각을 하지 않았다.

그렇지만 시대가 변하고 공산 진영이 붕괴되면서 미국이 굳이 많은 예산을 들여 파병할 이유가 없어졌다.

미국이 이런 생각을 하게 된 배경에는 대한민국의 경제력과 국방력이 향상된 것도 어느 정도 이유가 되었다.

예전에는 그러한 대한민국이 미국을 이끌어 가는 군수 복합 산업의 든든한 시장 역할을 해 주었지만, 세월이 지나면서 대한민국 역시 비싼 미국 무기보다 자체 필요한 무기를 생산하거나 아니면 구입 구조를 다원화하여 전처럼 미국의 무기만 사들이지 않았다.

그래서 나온 것이 미군 철수라는 패였다.

그리고 많은 시간을 그것으로 이득을 보았다.

하지만 대한민국도 바보만 있는 것은 아니었다.

일부에서 자주국방을 내세우며 전시작전권 회수와, 주한미군이 철수를 하더라도 그 공백을 메울 수 있는 강력한 무기를 자체 개발하자는 주장이 나오기 시작한 것이다.

그런 배경으로 이번에 국방부에서 말 많은 흑표를 대신할 차세대 주력 전차의 개발을 발표하였다.

그렇기에 천하그룹은 휴대용 대전차 무기 도입 사업 실패로 추락했던 불명예를 회복하기 위해 이번 차세대 주력 전차 개발에 사활을 걸려고 하고 있었다.

물론 수한이 천하디펜스에 판매한 휴대용 미사일 설계도를 바탕으로 생산한 대전차 미사일 게이볼그(Gae Bolg)를 납품함으로써 어느 정도 신뢰를 회복하기는 하였지만, 그래도 그때 입은 피해는 아직까지 모두 회복한 것은 아니었다.

모든 것을 깨 버리는 창—대전차 미사일—을 생산하는 천하디펜스, 그런데 천하그룹 회장 정대한은 이에 그치지 않고 강력한 방패—신형전차—를 생산해 떨어진 명예를 회복하고자 하였다.

신무기로 인해 전 세계에 이름값을 올리고 있기는 하지만, 아직도 정대한 회장의 마음은 차지 않고 있었다.

그렇기에 이번 국방부의 발표에 그룹의 사활을 걸고 도전을 하려는 것이다.

사실 능력만으로는 기존 대한민국 육군 주력 전차인 흑표가 다른 나라의 주력 전차에 꿇리지 않았다.

하지만 자세히 뜯어보면 또 그렇지 않다.

야심차게 개발한 흑표는 초기 계획과 다르게, 잦은 설계 변경과 군의 요구 사항 상승, 비례한 예산의 삭감 등의 난항을 겪으며 불량품이 생기고 말았다.

전차에 가장 중요한 건 화력, 방어력 그리고 기동력이다. 그런데 기동력을 담당하는 부품 중 엔진의 힘을 전달하는 파워 팩에서 문제가 발생한 것이다.

일부 소문에 의하면 이 또한 정치권의 음모로 외국 생산 업체에서 로비를 받은 의원들이 국내 생산 업체에 불리하게 실험, 결국 예산을 초과해 외국산 파워 팩을 장착하게 만들었다고 전해진다.

아무튼 날로 위협을 감행하는 북한 정권으로 인해 지지부진할 수 없어 흑표를 도입하긴 하였지만, 군에서는 든든한 무기가 아닌, 애물단지가 되어 버렸다.

야심차게 대한민국이 내놓은 차세대 주력 전차 흑표는 잦은 고장으로 야전이 아닌 정비창에 수시로 들어가게 되었다.

이러니 흑표가 개발된 지 10년도 되지 않아 국방부에서는 새로운 차세대 주력 전차 개발을 발표할 수밖에 없었다.

그동안 흑표를 개량해 보려 갖은 노력을 하였지만 모두 실패하고 말았다.

전차는 포병대의 자주포와 자주 혼동을 하나, 그 운용이 매우 다르다.

그렇다 보니 전차가 야전이 아닌 정비창에 더 오래 있다는 말은 전력의 누수를 말한다.

자칫 북괴가 오판을 하여 남침을 하게 되었을 때, 그들을 막을 수 없을지도 모르는 아주 위험한 상황이 발생할 수 있었다.

그래서 국방부는 주한미군 철수와 작전권 회수 시기가 가까워지자 급하게 전력 향상 계획 하나를 발표한 것이다.

　◆　　◆　　◆

천하그룹 회장실.

"회장님, 수한 군 왔습니다."

"들여보내!"

정대한 회장은 비서의 말에 대답하였다.

"부르셨어요?"

"어서 와라."

수한은 천하그룹 회장실 안으로 들어서며 정대한 회장에게 인사를 하였다.

그런 수한을 보며 정대한도 밝은 표정으로 그를 맞았다.

정대한 회장에게 18년 만에 돌아온 손자인 수한은 보물이었다.

비록 다른 손자들처럼 어린 시절부터 봐 오진 못했지만, 그래도 수한의 혈관에 흐르고 있는 피가 자신의 피를 물려받은 혈육이라는 것은 변함이 없다.

거기다 손자가 돌아오자마자 어려운 회사에 도움을 주었다.

어떻게 어린 손자가 그런 대단한 물건을 설계하였는지 지금 생각해도 대단했다.

수한이 설계한 휴대 미사일 이름을 게이볼그라고 명명

한 이유는 그 이름처럼 백발백중이었기 때문이다.

전설의 신창 게이볼그처럼 발사하면 목표는 명중이 되고 파괴가 되었다.

더욱이 게이볼그는 현대 군이 요구하는 모든 상항에 대하여 최고의 만족도를 주었다.

그 때문에 천하디펜스에서 실시한 게이볼그의 성능 실험을 지켜본 국방부 관계자는 물론이고, 직접 운용을 하는 육군에서도 모두 엄지를 추켜세웠다.

그러니 지금 들어오는 수한이 귀엽지 않을 수 없었다.

"그래, 잠시만 기다려라 할애비랑 저녁이나 함께하자."

"하실 말씀이 있어서 부르신 거 아니셨어요?"

수한은 정대한의 말에 그렇게 물었다.

손자의 질문을 받은 정대한은 빙그레 미소를 지으며 대답을 해 주었다.

"물론 네게 할 말도 있고, 또 조금 있으면 저녁시간이 되기도 하니, 어떠냐?"

그리 급한 이야기는 아닌 것 같아 수한도 고개를 끄덕였다.

"뭐, 그렇다면 그렇게 하죠."

어차피 집에 들어가 봐야 자신 혼자 밥을 차려 먹어야 했기에 할아버지의 제안이 싫지는 않았다.

물론 이건 수한 혼자만의 생각으로 그가 전화만 하면 함께 저녁을 먹을 수 있는 사람이 몇 명 있었다.

하지만 수한은 그것을 모르고 있을 뿐이다.

◆　　　◆　　　◆

정대한은 손자인 수한을과 저녁을 먹기 위해 자신이 자주 찾는 곳으로 데려왔다.

사실 이곳을 자주 찾는 이유는 이 음식점 이름에 자신이 회장으로 있는 '천하' 라는 이름이 들어 있었기 때문이다.

이들이 앉아 있는 음식점 이름은 바로 천하옥으로 흔한 요정과도 비슷한 분위기를 가지고 있었다.

하지만 그것과 차별화를 두기 위해 이곳은 전통 한식은 물론이고, 중국의 만한전석(滿漢全席)과 일본 전통 요리 등, 전 세계의 요리를 한곳에서 즐길 수 있는 곳이다. 또 특이하게 이름에 옥(屋), 즉, 집이라는 이름을 쓴 것처럼 전통 한옥을 개조하여 음식점으로 개장을 한 것이다 보니 멋과 운치가 함께했다.

그런 것이 참으로 특이해 이곳은 대한민국 내에서도 몇 안 되는 명물로 통하고 있었다.

아무튼 천하옥에 도착한 정대한은 수한을 보며 이야기를 시작했다.

"일단 밥부터 먹자."

"예."

수한은 자신의 앞에 놓인 상차림에 놀랐다.

전생과 현생을 통해 가장 푸짐한 상차림이었다.

수한도 가끔 심심할 때면 TV드라마를 보기도 한다.

뭐 취미가 있어 보는 것은 아니고 양어머니인 최성희가 드라마 마니아였기에 어린 시절 그녀와 함께 생활하며 보게 되었다.

아무튼 드라마 속에서 본 임금들의 수라상도 지금 자신의 앞에 놓인 상차림 보다 못했다.

물론 드라마 속에 보인 수라상이 어느 정도 고증을 통해 검증을 하고 나온 것이라고 하지만, 상업적으로 장사를 하는 이곳의 상차림에 비교할 수는 없지 않겠는가.

그래서 그런지 수한은 선뜻 음식에 손이 가지 않았다.

아무리 수한이 천재에 대마법사라고 하지만, 엄청난 음식 앞에 압도가 되었다.

"뭘 그리 구경만 하는 거냐. 음식 앞두고 그러면 벌 받는다."

정대한은 음식을 앞에 두고 우두커니 있는 손자의 모습

에 농담 반, 진담 반을 섞어 말을 하였다.

그제야 어느 정도 마음을 추스른 수한도 음식에 젓가락질을 하였다.

탁!

어느 정도 시간이 흐르고, 배가 어느 정도 차니 정대한은 젓가락을 내려놓았다.

그리고 수한도 비슷한 시간에 식사를 마쳤다.

"어떠냐? 맛나더냐?"

정대한은 수한을 보며 물었다.

그런 정대한의 질문에 수한은 밝은 미소를 지으며 대답을 하였다.

"예, 이곳 음식이 참으로 깔끔하고 맛있네요. 아버지 어머니도 모셔서 다시 한 번 먹고 싶네요."

수한은 자신의 마음 그대로 정대한에게 대답을 하였다.

그런 수한의 대답에 정대한은 살짝 농담을 하였다.

"허허, 그 자리에 이 할애비는 안 부르려고?"

"하하, 아니요. 그때 할아버지께도 연락드리겠습니다."

"그래, 그래, 손자가 대접하는 것 좀 먹어 보자."

작은 농담이 분위기를 더욱 부드럽게 하였다.

분위기가 화기애애하게 변하자 정대한은 그제야 자신이 손자를 부른 이유를 설명하기 시작했다.

"네가 갑자기 연락을 해서 놀랐지?"

"아닙니다."

"아니야, 좀 놀랐을 거야. 음…… 어디에서부터 이야기를 해야 할까?"

정대한은 이야기를 시작하려니 무엇부터 이야기를 시작해야 할지, 선뜻 갈피를 잡지 못했다.

하지만 그래도 해야 하기에 말을 꺼냈다.

"네 소식은 계속해서 듣고 있다. 그래서 말인데…… 네가 좀 도와주었으면 한다."

두서없는 그의 말에 수한은 어떻게 받아들여야 할지 몰라 그저 조용히 정대한을 쳐다보았다.

그런 수한의 모습에 정대한은 차분하게 설명을 하였다.

"이번에 회사에서 그룹의 사활을 걸고 국방부에서 발표한 차세대 주력 전차 개발에 전력을 다하기로 하였다."

수한은 정대한의 말에 눈이 동그랗게 커졌다.

사실 수한도 처음 전차를 접하고 엄청난 충격을 받았다.

이곳 현대에 환생을 하고 가장 놀랐던 것은 마법이 없다는 것이고, 또 마법이 없으면서도 마도 문명이 누렸던 모든 게 가능하다는 것이다.

이케아 대륙에 전설로 내려오는 마법이 고도로 발달되어 실생활에도 마법이 사용되었다는 전설이 내려오고 있는데, 간간히 마도문명에 대한 고문헌에 나오는 내용을 수한은 익히 알고 있었다.

대마도사가 되기 위해 왕궁 도서관에 소장되어 있는 많은 서적들을 탐독하였다.

그런 과정에서 마도시대에 출간된 서적도 있었는데, 사람이 썼다고 하기에는 그 글씨체들이 모두 일정했다.

그리고 책 내용도 많은 충격을 줬다.

현생에나 있는 TV나 자동차, 그리고 비행기 등을 묘사한 내용도 있던 것이다.

물론 전부 똑같지는 않았다.

마도시대의 기술이 뛰어난 것도 있고, 또 현생의 물건이 더 뛰어난 것도 있었다.

그런데 그중에서 가장 뛰어난 것은 바로 전쟁 무기들이었다.

물론 마도시대에는 대마법사들이 길거리에 치일 정도로 많았기에 무기가 발달되지 않았을 수도 있다.

하지만 그렇다고 해도 현대에 나타난 전쟁 병기들의 우수함을 폄하할 수는 없었다.

전생에 몸담았던 로메로 왕국이 무너지는 것을 직접 보았던 수한이다.

당시 믿었던 기사들의 배반으로 최후의 순간 자신이 죽

은 것이 아닌가.

그리고 죽기 전 자신은 맹세를 하였다.

또다시 생을 살게 된다면 그때는 조국이 절대로 외세에 핍박받지 않게 하겠다고 말이다.

그래서 어려서부터 그런 쪽에 관심을 두었다.

미국에 유학을 가서도 자신의 마법의 경지를 올리는 데 도움이 될 학문뿐 아니라, 자국에 도움이 될 기술들을 많이 연구하였다.

그래서 나온 것이 천하디펜스의 이사로 있는 자신의 사촌에게 판매한 게이볼그의 설계도였다.

물론 더 많은 것들을 연구하고 설계를 하였지만, 완성된 것은 사실 휴대용 미사일인 게이볼그 하나뿐이었다.

수한이 이런저런 생각을 하고 있을 때 정대한은 계속해서 이야기를 하였다.

"네가 지금 어떤 처지에 있는지 잘 알고 있다. 하지만 내가 회사에 협조 요청을 하면 아마 들어줄 것이다."

"그럼 할아버지께서 저희 회사 사장님께 말씀 드리면 되겠네요."

사실 요즘 자신이 벌인 사업 때문에 자주 연구소의 자리를 비웠다.

물론 자신이 자리를 비는 것에 누가 뭐라고 하는 사람

GREAT
NOREA

은 없었다.

수한이 자신이 해야 할 몫을 모두 마치고 남는 시간에 소장의 허락을 받고 일을 보는 것이기 때문에 눈치를 볼 필요는 없었다.

하지만 사람 마음이라는 것이 꼭 그렇지만 않았다.

수한이 할 일을 모두 끝내고 개인적인 일을 본다고 해도 꼭 한두 명 수한을 색안경 쓰고 보는 이가 있었다.

그렇기에 천하그룹에서 수한을 데려가려 한다면 분명 말이 나올 것이 분명했다.

그러니 수한은 자신이 나서는 것 보다는 천하그룹 회장인 정대한이 나서서 회사와 협상을 벌이는 게 더 외관상 좋으리라.

어차피 수한이 소속되어 있는 회사가 정부나 방위 산업체에서 발주하는 일을 수주 받아 시스템을 개발하는 회사이니 말이다.

"할아버지께서 회사 대표와 계약을 체결하고 파견 연구원을 부를 때, 절 포함시킨다면 별다른 잡음 없이 가능하겠네요."

수한은 자신이 천하디펜스에서 차세대 주력 전차의 연구 개발을 하는 곳에 잡음 없이 들어갈 수 있는 방법을 정대한에게 알려 주었다.

그리고 정대한도 그 정도라면 주변에서 별다른 잡음이
나오지 않을 것이란 생각도 들었다.

◆　　　◆　　　◆

"매형, 무슨 일인데 그렇게 표정이 어두운기요?"

리철명은 아까부터 표정이 어두운 자신의 매형을 보며
물었다.

하지만 리철명이 물을 때마다 김갑돌은 별일 아니라는
말로 그의 말을 회피하였다.

"일은 무신 일, 일 없시야."

매형의 말에 시선을 돌렸지만 조금 뒤 다시 돌아보며
또 표정이 좋지 못했다.

의뢰를 끝내기 위해 타깃을 따라 이동하던 것도 멈추고
곽철헌은 뒤를 돌아보며 리철명과 김갑돌을 보며 말했다.

"다시 한 번 말하는데, 타깃에 붙은 경호원만 확실히
떼 놓으면 되는 아주 간단한 일이오. 이번 일만 끝나면 당
분간 일을 안 해도 될 정도로 돈이 들어오니 확실히 하기
오."

조금 전부터 표정이 좋지 못한 김갑돌 때문에 곽철헌은
조금 불안한 마음이 들었기에 그의 눈을 노려보며 다짐을

받듯 그렇게 말하였다.

"알갔어!"

"그 말 참말이오? 당분간 일하지 않아도 될 정도로 돈을 챙겨 줄 수 있다는 말이 참말이오?"

리철명은 곽철헌에게 다짐을 받고 싶은지 같은 질문을 하였다.

"그렇시오. 이번 일은 그저 흔한 해결 문제가 아니라 완벽한 처리를 요구한 의뢰디요."

자세한 사정까지는 말을 하지 않았지만, 이번 의뢰가 단순 의뢰가 아니라 완벽한 처리, 즉, 살인 청부란 말에 리철명의 눈이 반짝였다.

그도 한국에서 생활을 하면서 몇 번 그런 의뢰를 처리한 경험이 있었다.

그럴 때면 다른 의뢰와 다르게 엄청난, 북한에 있을 때는 감히 만져 보지 못한 큰돈을 만져 볼 수 있었다.

그런 일로 작지만 집도 마련했고, 또 자식들도 학교에 보낼 수 있었다.

비록 직접 처리하는 것은 아니지만, 경호원까지 데리고 있는 대상의 의뢰라면 결코 적은 금액은 아닐 것이란 생각이 든 리철명은 입가에 미소가 걸렸다.

하지만 곽철헌의 이야기를 들은 김갑돌의 표정은 더욱

어두워졌다.

잠깐 보기는 했지만 곽철헌이 죽이려는 타깃이 자신과 가족들의 은인이라는 것을 김갑돌은 알 수 있었다.

너무도 강렬했던 사건으로 인해 시간이 조금 흘렀지만 은인의 얼굴을 기억하고 있던 것이다.

그런데 오늘 은인을 죽이는 일에 도움을 줘야 한다는 생각이 들자 김갑돌의 표정이 좋지 못한 것이다.

"경호원이 타고 있는 차량은 확인했갔지?"

"맡겨 두라우! 절대 곽철헌 동무의 일을 방해하지 못할 것이오."

곽철헌의 말에 리철명은 신이 난 듯 그렇게 대답을 하였다.

"그럼 리 동무와 김 동무만 믿고 난 먼저 가 보갔어!"

곽철헌은 타깃을 처리하기 좋은 장소를 미리 답사를 하여 카메라나 인적이 적은 지역을 봐 두었다.

그래서 그곳에 먼저 가 작동 중인 감시 카메라를 손보고 잠복을 하려 출발을 하였다.

한편 곽철헌이 자리를 떠나자 그제야 웃고 있던 표정을 풀어 굳은 표정으로 자신의 매형을 돌아보는 리철명이 입을 열었다.

"매형, 정말 이러기요?"

"무시기 소리임메!"

"그기 몰라서 하는 소림메?"

자신을 향해 쏘아붙이는 리철명을 보며 김갑돌이 대답을 하였다.

하지만 곽철헌도 없겠다, 작정을 하고 물었다.

"아까부터 와 자꾸 그렇게 싫은 표정을 하고 있는 것이냔 말임둥!"

자꾸 추궁을 하는 매제로 인해 김갑돌은 한숨을 쉬었다.

"하……."

자신의 질문에 한숨을 쉬는 매형의 모습에 지금 뭔가 문제가 있다는 생각에 리철명의 표정이 더욱 굳어졌다.

그런 리철명의 모습에 김갑돌이 조심스럽게 입을 열었다.

"니…… 이번 일 안 하면 안 돼갔어?

"그건 또 무시기 소리요?"

리철명은 갑자기 자신의 매형의 말에 깜짝 놀랐다.

솔직히 리철명도 이런 일을 하고 마음이 편하지는 않았다.

하지만 자신과 가족이 살기 위해선 어쩔 수가 없었다.

다른 사람의 사정을 들어 주다 내 가족이 죽게 생겼는데 그것을 외면할 수는 없는 일이다.

자유와 행복을 위해 목숨을 걸고 넘어온 대한민국은 절대로 꿈과 희망이 넘치는 그런 낙원은 아니었다.

아니, 일부 맞는 말이기도 했다.

다만 그 꿈과 희망이 넘친다는 말 앞에 돈이 많은 이란 수식어가 붙어야 하지만 말이다.

그저 몸뚱이만 가지고 탈북을 한 사람 중 이곳에서 성공한 사람은 아무도 없었다.

그러한 현실을 알기까지 리철명과 그의 가족들은 많은 고초를 겪었다.

사기도 당하고, 또 굶주림에 허덕이다 병원에 실려 간 적도 있었다.

방값을 못 내 추운 겨울 길거리에 쫓겨난 경험도 있었다.

북에 있을 때는 못 먹고 배고픈 것은 있었지만 추운 겨울에 길거리에 나앉은 경험은 없었다.

비록 잘 먹이진 못했지만 그것만은 확실했다.

물론 너무 배가 고파, 이래 죽나 저래 죽나 마찬가지라 생각하고 탈북을 했지만, 어찌 되었든 돈이 없으면 북이나 남이나 마찬가지란 생각이 들었다.

그때부터였다. 자신은 어떻게든 돈을 벌기로 작정을 한 것은.

그래서 처음 살인 청부를 받았을 때도 망설임 없이 의뢰를 할 수 있었다.

죄책감? 그런 것 없었다.

이미 살인은 북에서도 많이 경험한 일이니까.

군에 있을 때 훈련을 위해 또 살인에 대한 감각을 익히기 위해 반동들을 이용한 사격을 많이 했다.

그중에는 일부러 훈련 중 그들을 풀어 줘 추적을 하면서 죽이기도 했다.

간부들은 그것을 사냥이라면서 웃고 떠들며 놀이처럼 즐기기도 했다.

그리고 그런 것은 자신의 매형인 김갑돌도 이미 경험을 했을 것인데, 이렇게 망설이며 자신을 막는 이유를 알 수가 없어 답답했다.

더욱이 자신만큼은 아니지만 매형도 이곳에 들어와 쓴 맛을 본 상태가 아닌가.

매형이 이번 일에 나선 이유가 병들어 누워 있는 누이의 약 구할 돈이 필요해서였다.

탈북자라 일자리도 구하기 힘든 상태에서 사기를 당해 수중에 가진 것을 몽땅 잃어버렸다.

탈북자 지원 단체에서 도와주는 것도 한계가 있다.

그들은 탈북자의 한국 사회에 적응하는 것을 도와주는

일을 하는 것이지, 아픈 사람을 도와주는 곳이 아니다.

그러다 보니 형편이 어려운 탈북자들이 결국 하는 일이 바로 이런 일이었다.

군 출신 탈북자들이 쉽게 선택하는 일이 바로 깡패들의 용역이나 심부름 센터에 들어오는 의뢰 중 문제가 될 만한 것들을 처리하는 것이다.

그런데 지금 매형이 무엇 때문에 망설이는지 이유가 알고 싶어졌다.

북에 있을 때만 해도 자신보다 더 가족들의 일에 헌신적이던 매형이 돈이 필요하면서도 이렇게 망설이는 이유가 알고 싶었다.

"말해 보시라요. 무엇 때문에 그런 소리를 하는 것인지."

리철명은 냉정하게 자신의 매형을 쳐다보며 물었다.

어찌 들으면 약간의 분노마저 섞인 것을 알 수 있었다.

가족을 부인인 자신의 누이를 잘 돌보지 못한 분노가 함축된 것이다.

그런 리철명의 질문에 김갑돌이 한숨을 쉬며 대답을 하였다.

"알갔어, 내 말하갔어……."

김갑돌은 매제의 말에 자포자기를 하듯 대답을 하기 시

작했다.

"그기 말이지…….""

김갑돌의 이야기가 계속될수록 이야기를 듣는 리철명의 눈이 커졌다.

설마 자신들이 죽이려고 하는 사람이 매형과 가족을 구해 준 사람이란 것을 알게 되자 깜짝 놀랐다.

더욱이 라오스 국경을 넘을 때 군인들에게 끌려간 누이를 구해 온 사람이 그라는 것을 알게 되었을 때는 단순히 놀라는 정도를 넘어 어처구니가 없었다.

민간인이 무슨 배짱으로 그런 선택을 했는지 알 수가 없었기 때문이다.

"그기 참말이오?"

리철명은 도저히 방금 전 매형의 말을 믿을 수가 없었다.

"내래 님자에게 거짓말을 해서 뭐하갔어! 그때 그가 아니었다면 순덕어미는 다신 보기 어려웠을 기야, 암!"

매제의 질문에 김갑돌은 그렇게 대답을 하였다.

수한이 아니었다면 정말로 다시는 자신의 부인을 보기 어려웠을 것이라 생각했다.

군인들에게 끌려가 어떤 고초를 겪었을지 짐작할 수 있었다.

더욱이 라오스는 북한과 수교를 맺은 나라.

군인들은 탈북 여성들이 싫증나면 노예로 팔아 버리든 가, 아니면 현상금을 받고 북한 대사관에 넘겼을 것이다.

북한을 탈출을 하면서 브로커에게 주의 사항을 들었기에 분명 그랬을 것이라 믿었다.

그러니 자신의 부인을 구해 온 수한이 얼마나 고마웠겠는가.

김갑돌은 모든 이야기를 자신의 매제에게 들려주었다.

"안 되갔니? 우리 이 일 포기하자. 더구나 당시 듣기로 그의 아바이가 남한의 고위인사라 했다. 그래, 우리가 탈출했던 캄보디아 대사라 했지비."

리철명은 마지막 수한의 아버지가 캄보디아 대사란 말에 경악을 했다.

그는 한국에 들어온 지 벌써 10년이 다 되어 간다.

그래서 뉴스나, 다른 사람들의 이야기를 들으며 한국의 상류층들이 어떤 생활을 하는지 너무도 잘 알고 있었다.

그들의 권력은 북한의 당 간부들만큼이나 엄청난 힘을 가지고 있었다.

막말로 그들은 자신들과 같은 사람들의 목숨을 파리 목숨 죽이듯 하여도 무마할 수 있는 힘을 가진 사람들이었다.

그동안 자신과 비슷한 사람들이 처리했던 대상들과는 아주 다른 존재들이었다.

매형의 이야기를 모두 들은 리철명은 머릿속으로 생각을 하였다.

괜히 돈 좀 벌겠다고 나왔다가 자신의 가족들이 몽당 정육점에 걸린 고기마냥 팔려 갈지도 모르고, 어쩌면 땅속을 묻힐 수도 있는 일이었다.

그만큼 북한이나 이곳 한국의 상류층들이 자신들의 심기를 어지럽힌 대상을 처리하는 방법은 비슷했기 때문이다.

◆　　　◆　　　◆

우웅!

달리는 차 안. 수한은 아까 전 할아버지와 음식점에서 하던 이야기를 생각을 하였다.

그런데 생각해 보니 자신이 공부한 것 중 할아버지가 말한 전차에 관한 건 하나도 없었다.

아무것도 모르는 자신 보고 도움을 청하는 할아버지에게 말할 수 없었지만 걱정이 되기도 했다.

아무래도 자신이 휴대용 미사일을 설계한 것 때문에,

전차 역시 할 수 있을 것이라 생각하신 듯하였다.

당시 엉겁결에 승낙은 했지만 걱정이 되는 수한이었다.

"뭐, 할아버지시라면 내가 미국에서 공부한 것이 어떤 것인지 알고 계실 것이니 알아서 배치를 하시겠지."

수한은 생각하면 생각할수록 머리만 복잡해지는 것 같아 그만 편하게 생각하기로 하였다.

"리 동무, 김 동무 준비하기요."

미리 일을 마무리 할 준비를 하고 있던 곽철헌은 무전기를 들어 리철명과 김갑돌을 불렀다.

수한이 약속된 위치에 오면 그들은 준비를 하고 있다가 경호원이 타고 오는 차를 들이받아 무력화 시키면 되는 일이었다.

그렇게 두 사람이 사고를 내면 분명 수한은 사람들을 돕기 위해 사고 현장으로 갈 것이라 예상을 하였다.

지금까지 조사한 결과, 타깃은 자신의 도움이 필요한 현장을 그냥 지나치지 못하는 성격임을 알고 이런 준비를 한 것이다.

"저기 보이는군기래!"

GREAT
KOREA

리철명과 김갑돌에게 연락을 하고 잠시 뒤 수한이 타고 있는 차가 다가오는 것을 지켜보았다.

그런데 무언가 이상했다.

지금쯤이면 연락을 받은 리철명과 김갑돌이 나타나 사고를 내야만 했다.

하지만 두 사람에게 아직까지 연락이 없었다.

"리 동무! 리 동무!"

사고가 나야 할 지점을 지나치려는 경호원이 탄 차량이 보이자 곽철헌은 리철명을 불러 봤지만, 아무런 대답이 들려오지 않자 운전대를 세게 쳤다.

빵!

그가 휘두른 주먹질로 인해 클랙슨이 눌리며 소리를 냈다.

하지만 그렇다고 이대로 주저앉을 수는 없었다.

곽철헌은 나타나지 않는 리철명과 김갑돌을 기다리기보단 이번 기회를 놓치면 언제 기회가 올지 모르기에 일단 자동차에 시동을 걸었다.

부릉!

일단 차에 시동을 건 곽철헌은 두 사람이 나타나지 않아도 상관이 없었다.

그 일이야 나중에 따지고, 의뢰를 해결하면 되는 일이다.

어차피 동조자를 둔 것은 보다 쉽게 일을 처리하기 위해서였지, 자신이 처리하지 못해 그런 것은 아니었다.

그는 차를 몰고 수한의 차가 달리고 있는 방향으로 차를 몰아갔다.

마침 도로를 달리는 차가 별로 없었다.

아직 이 도로가 임시로 개통이 된 도로라 이 길을 모르는 사람이 많았다.

때문에 아는 사람만 이용하고 있는 중이기에 이 밤중에 도로에는 통행하는 차가 별로 없는 것이었다.

그렇게 곽철헌은 차를 몰아 수한이 타고 있는 차를 향해 돌진하였다.

한편 할아버지가 제안에 대한 생각을 접고, 집으로 향하기 위해 운전을 하고 있던 수한은 조금 전부터 자신의 차를 따라오며 라이트를 깜빡이는 차가 신경이 쓰였다.

음식점을 나와 운전을 하고 있는데, 어느 순간부터인가 낡은 승용차 한 대가 뒤로 붙더니 저렇게 라이트를 위아래로 조작을 하는가 하면, 뒤로 가까이 붙어 경고등을 깜박여 댔다.

처음에는 경고등 깜박이기에 추월을 하려는지 알고 옆으로 비켜 주기도 하였지만, 깜박이던 차는 추월하는 게 아니라 계속해서 따라오고 있었다.

이 때문에 뭔가 이상한 기분이 들었는데, 얼마 전부터 자신을 지켜보던 시선이 생각났다.

거기까지 생각이 미치자 수한은 액셀을 밟아 차의 속도를 높였다.

벌써 5분이 넘게 자신의 뒤만 따라오던 차량은 어느 순간 자신의 차를 추월하더니 앞으로 나갔다.

'무슨 일이지?'

조금 전까지 자신의 뒤를 따라오며 이상한 행동을 하던 차의 주인이 그냥 자신을 지나쳐 가자 수한은 고개를 갸웃거릴 수밖에 없었다.

고개를 갸웃한 수한은 그래도 요즘 자신에게 벌어지는 일이 있었기에 방심하지 않고 운전을 하였다.

그런데 얼마를 달렸을까.

자신을 지나쳤던 차가 어떤 차와 추돌을 하여 사고가 나 있는 모습을 보게 되었다.

끼익!

조금 이상한 생각이 들기는 했지만, 일단 갓길에 차를 멈추고 다른 차의 안전을 위해 삼각대를 세우고서는 사고가 난 지점으로 달려갔다.

수한이 사고 지점으로 다가가자 언제 따라붙었는지 수한의 뒤에서 차 한 대가 나타났다.

그리고 차 안에서 사람이 내려 수한의 곁으로 다가왔다.

"무슨 일입니까?"

사고 지점으로 다가가던 수한은 자신에게 말을 걸어오는 남자를 돌아보았다.

언젠가 한 번 할아버지 집에서 본 기억이 있는 사람이었다.

"사고가 났나 보네요. 일단 119에 신고를 해 주세요."

"알겠습니다."

자신의 뒤에서 나타난 사람이 할아버지와 연관된 사람이란 것을 알고는 그에게 부탁하고 일단 사고차량에 다가가 사람을 구조하기 시작했다.

"어? 이 사람은……."

수한은 사고 차량에서 사고자를 구조하다가 익숙한 얼굴을 보았다.

얼굴을 보자 그가 누군지 생각이 났지만 금방 털어 버렸다.

겨우 캄보디아에서 잠깐 본 탈북자였기에 그가 무슨 이유로 이곳에서 사고가 난 것인지 의문이 들었다.

그리고 그 사람이 타고 있던 차량이 조금 전 자신을 따르다 이상한 신호를 보내다 추월해 간 차량이란 것을 알고는 더욱 그랬다.

"신고했습니다. 곧 구급차가 도착할 것입니다."

"네, 알겠습니다. 그런데 잠시 할 말이 있습니다."

수한은 자신의 곁으로 다가온 경호원에게 잠시 이야기를 하자고 불렀다.

이미 사고를 낸 사람들은 모두 구조를 하여 안전하게 갓길로 데려다 눕혀 놓았기에 조용히 구급차를 기다리며 경호원과 이야기하러 자리를 벗어났다.

모든 조치를 했기에 굳이 자신이 가까이서 그들을 간호할 필요는 없었다.

한편 수한을 죽이기 위해 차를 운전하던 곽철헌은 온몸에 느껴지는 고통에 몸을 가눌 수가 없었다.

'시팔! 이게 어떻게 된 일임메! 일을 도와달라고 불렀더니 내 일을 방해를 함둥?'

곽철헌은 지금 자신에게 어떤 일이 벌어졌는지 똑똑히 기억하고 있었다.

그가 수한을 처리하기 위해 액셀을 밟아 최고 속도로 돌진하고 있을 때, 수한의 차 뒤에서 튀어나온 리철명의 차가 자신을 정면으로 들이받은 것이다.

리철명의 차에는 오늘 처음 본 김갑돌이 운전을 하고 있었는데, 충돌 직전 그의 복잡한 표정을 똑똑히 보았다.

무슨 사정이 있는 것 같았지만 그건 곽철헌은 상관이

없었다.

다만 그가 자신의 일을 방해했다는 것이 중요했다.

'죽인다.'

곽철헌은 자신의 타깃인 수한 보다 조금 전 자신의 일을 방해한 김갑돌에게 강한 살의를 느꼈다.

6.
사람을 얻다

아침 일찍 신문을 보고 있던 신영민은 눈이 커졌다.

관심이 있는 경제면이 아니고 또 고속도로에서의 작은 교통사고였지만 신영민이 그 사고에 관심을 보이기에 충분했다.

언젠가 자신의 지시로 잠시 관심을 보였던 자의 이야기가 나왔기 때문이다.

띠!

"김 비서! 들어와 봐!"

신영민은 급하게 인터폰으로 김 비서를 찾았다.

그에게 지시한 것이 있어 혹시나 문제가 될 소지가 있

는지 물어보기 위해서다.

"부르셨습니까?"

"그래, 전에 내가 지시한 것은 어떻게 되었나?"

"어떤 일 말씀이십니까?"

신영민 사장의 질문에 김 비서는 생각을 해 보았지만 개인적으로 너무도 많은 것들이 있어 순간 생각이 나지 않았다.

자신을 향해 되물어 오는 비서의 모습에 신영민은 자신이 보고 있던 신문을 그의 앞에 밀었다.

부시럭!

"음, 이 일 말씀이십니까?"

김 비서는 신문을 읽고서야 신영민이 어떤 것을 물어오는 것인지 깨달을 수 있었다.

잠시 뜸을 들이던 김 비서는 생각이 정리가 되자 신영민의 질문에 답변을 하였다.

"우선 전에 지시하신 일 가운데 라이프제약의 고문으로 있는 정수한의 일은 아직 진행 사항입니다."

"진행 사항?"

"예, 이 사진에 나온 자들은 제가 의뢰를 한 자들이 압니다."

"그렇단 말이지?"

신영민은 혹시나 신문에 난 자들이 자신의 지시로 김 비서가 의뢰를 한 해결사들인지 알고 가슴을 졸였다.

자신의 일도 아닌 일로 아버지에게 혼이 난 뒤로 신영민은 하는 일마다 무척이나 신중하게 생각하게 고민을 하고 진행을 하였다.

"아무래도 안 되겠어, 그 일은 일단 취소하도록 해."

신영민은 전에 자신의 지시로 수한에 대한 테러를 중단하도록 시켰다.

처음 화가 났을 때는 그저 화풀이로 별 생각 없이 지시를 하였지만 신문을 보고 알았다.

수한이 결코 쉬운 상대가 아니란 것을 말이다.

만약 수한이 천하그룹 정대한 회장의 직계란 것을 알았다면 결코 이런 황당한 지시를 내리진 않았을 것이다.

아니, 내리더라도 조금 더 신중하게 지시를 했을지 모른다.

그런데 자신 말도 정수한을 노리는 자가 또 있다는 것이 흥미로웠다.

기사에는 죽은 김장근 전 전무의 죽음도 기사에 나온 사고자와 연관이 있을 것으로 추정을 하고 있었다.

그것을 보면 자신 말고도 김장근 전 전무와 정수한 라이프제약 고문을 노리는 자가 분명 더 있었다.

'아버지가 시킨 것일까? 아니야, 아버지라면 이렇게 허술하게 하진 않을 것이다. 그럼 누구?'

신영민은 문득 배후자를 생각을 하자 자신의 아버지를 떠올렸다.

그렇지만 곧 그런 생각을 털어 냈다.

자신의 아버지라면 결코 이렇게 황당하게 일을 마무리하지 않을 것이기 때문이다.

더욱이 자신의 아버지에게는 아직 확실한 실체를 알아내지는 못했지만 은밀하게 일을 처리해 주는 조직을 가지고 있었다.

그러니 굳이 이렇게 탈북자 출신의 해결사에게 일을 맡길 이유가 없었다.

"알겠습니다. 그럼 그때 같이 지시한 것은 어떻게 할까요?"

"그건 이미 상당히 진척이 진행된 것으로 알고 있는데?"

"예, 그렇긴 하지만 김장근 전 전무가 작업을 해 둔 제약사가 생각 보다 부실합니다."

김 비서는 신영민의 지시로 수한에게 보복을 하는 일 말고 또 다른 일에 대하여 물었지만 신영민은 그것은 포기하지 않았다.

"그래도 상관없어. 일단 인수하고, 그 회사 간부들 중 불법을 저지른 놈들을 족쳐 손해 본 부분을 복구하면 되는 거다."

신영민은 언제나 그렇듯 기업 사냥을 하고 손실된 부분은 인수한 회사의 간부들의 부정을 추적해 철저하게 받아 냈다.

물론 그게 당연한 일이지만 그렇다고 신영민이 온전히 정당한 방법만으로 조사를 하는 것은 아니었다.

합법과 불법을 넘나들며 조사를 하고 또 비리를 못 찾을 때면 없는 일도 만들어 올가미를 씌웠다.

한마디로 자신이 목표로 하는 기업의 단물과 쓴물 모두를 빨아먹었던 것이다.

"알겠습니다. 그럼 그건 그렇게 처리하도록 하겠습니다."

김 비서는 신영민의 지시를 그대로 이행을 하겠다는 말을 하고 밖으로 나갔다.

사장실을 나가는 김 비서의 등 뒤로 신영민은 뭔가를 생각하는지 그의 눈동자는 무척이나 흔들리고 있었다.

"그러니까 사기를 당해 부인 약값이라도 벌려고 용역일이라도 하기 위해 나왔다는 말씀이시죠?"

"그렇습네다."

김갑돌은 경찰에 조서를 받고 있었다.

이미 한 번 조사를 받았지만, 또 불려 가 조사를 받고 있었다.

"그런데 무슨 이유로 그런 행동을 하게 된 것입니까?"

김갑돌을 조사하는 형사는 도저히 이해가 가지 않았다.

그가 알기로는 탈북자들은 자신들의 출신 때문에 자격지심이 강해 어지간해서는 이처럼 다른 탈북자의 일을 도우면 도왔지 방해하진 않았다.

더욱이 자신들의 생명을 도외시하고 막았다는 것이 믿을 수 없어 뭔가 다른 이유가 있는 것은 아닌지 추궁을 하는 것이다.

"정말입네다. 어제도 말씀 드렸다시피 인간으로서 도저히 그럴 수가 없었습네다."

"그러니까 무엇 때문에 할 수 없었는지 이야기하시라고요."

조사를 하는 형사는 참으로 답답했다.

분명 어제 조사 과정에서 살인 청부에 대한 이야기를 들었다.

그러면 살인청부를 받고 바로 거절을 하든가, 아니면 신고를 했어야 하는데, 그래도 돈을 벌겠다고 현장에 동행을 했단다.

그런데 현장에 나가 타깃을 확인하고 마음이 변해 그것을 막았다고 하니, 의심을 하지 않을 수가 없었다.

"이걸 어떻게 설명을 해야 할지……."

"하는 이야기 내가 전부 들어 줄 테니 천천히 이야기하세요."

형사는 김갑돌이 뭔가 이야기를 할 것 같으니 살살 달래며 이야기를 듣기 위해 노력했다.

"기러니까……."

김갑돌은 처음 이야기를 한 것은 자신이 북한에서 탈북을 하는 과정부터 시작이 되었다.

그러다 중국을 경유해 라오스 그리고 캄보디아 국경을 넘을 당시 자신의 부인과 몇 명의 탈북 여성들이 라오스 국경경비대에 붙잡힌 이야기까지 하게 되었다.

"그러니까 김갑돌 씨 말씀은 당신들이 탈북을 하는 과정에서 브로커에게 줄 돈이 부족한데, 도움을 주고, 또 국경경비대에 붙잡힌 당신 부인과 다른 탈북 여성들을 구해 주어 차마 죽이지 못하고 마음을 돌렸다는 말입니까?"

형사가 자신의 말을 정리를 해 주자 김갑돌은 고개를

끄덕였다.

"맞습니다."

"허……!"

형사는 자신이 말을 하면서도 믿을 수가 없는데, 지금 김갑돌은 그런 자신이 간단하게 요약한 말이 맞다고 하니 기가 찼다.

"알겠습니다. 그만 당신 자리로 가 계십시오. 어이, 김 형사. 여기 김갑돌 씨 다시 유치장으로 데려가."

조사를 마친 김갑돌이 유치장으로 돌아가자 조사를 하던 형사는 답답해졌다.

잘만 하면 뭔가 건수가 있을 것도 같은데 그게 잘 엮이지 않아 무척이나 답답했다.

그는 정말로 큰 건수라는 느낌이 들었다.

하지만 그것을 제대로 끄집어내지 못하자 짜증이 밀려오는 형사였다.

"실례합니다, 권순 경사지요?"

자신의 마음대로 일이 풀리지 않자 짜증을 내고 있던 권순에게 누군가 다가와 말을 걸었다.

"제가 권순인데, 누구십니까?"

권순 형사가 자신을 부른 사내를 돌아보며 물었다.

"네, 저는……."

사내는 말을 하면서 주머니에서 명함 한 장을 꺼내 그에게 건넸다.

"강도영 변호사라고 합니다."

자신을 변호사라 소개를 한 그는 자리에 앉으며 말을 하였다.

"전 정수한 씨의 부탁으로 탈북자인 리철명 씨와 김갑돌 씨의 변호를 위해 찾아왔습니다."

강도영은 자신이 경찰서를 왜 찾아왔는지 권순 형사에게 말을 했다.

그런 강도영의 말에 권순은 순간 할 말을 잊었다.

자신을 죽일 번하였던 사내들을 변호하기 위해 변호사를 보낸 수한의 생각을 이해할 수 없었다.

"무슨······."

"두 사람은 죄가 없지 않습니까? 아니, 오히려 사고가 날 것을 막은 사람이니 포상을 해야 하지 않습니까?"

강도영 변호사는 현재 경찰 유치장에 있는 김갑돌과 리철명에 대한 자신의 견해를 말했다.

어떻게 보면 변호사의 말이 맞을 수도 있지만 일단 범죄 공모를 했다는 것이 중요했다.

물론 끝까지 가지는 않았지만, 그 때문에 권순 형사도 이 문제를 함부로 처리할 수가 없는 것이다.

더욱이 대상이 대한민국을 이끌어 가는 로열 패밀리의 일원이었다.

대그룹 회장의 손자이자, 외국 주제 대사의 아들이기도 한 사람이 살인 청부 대상이었다는 것에 현재 대한민국이 발칵 뒤집혔다.

더욱이 그가 대한민국을 대표하는 걸그룹 파이브돌스의 리더인 크리스탈의 친동생이며, 이전에는 길거리에서 양아치들과 시비가 붙는 바람에 매스컴을 타지 않았던가.

그러고 보니 참으로 이슈가 끊이지 않는 사람이었다.

"그렇기는 하지만, 일단 사건 공모를 하였다고 자백해서 저도 어쩔 수 없습니다."

권순이 사전 공모에 대하여 말을 하자 강도영 변호사도 이 부분에 한해서는 어쩔 도리가 없었다.

비록 의뢰인을 도운 정황이 있지만 살인 청부에 관한 사전 공모는 아주 중한 범죄다.

일단 살인의 의도를 알고 공모를 했기 때문에 그것을 사전에 막았다고 하지만 무죄라고 주장할 수는 없었다.

"그래도 일단 그동안 전과가 없고, 또 들어 보니 돈이 없어 일거리를 찾아 그런 것이니 그 부분을 정상참작 할 수 있지 않겠습니까?"

강도영 변호사는 그래도 의뢰인이 부탁한 것도 있으니

어떻게든 두 사람을 경찰서에서 빼내기 위해 노력을 하였다.

"뭐, 그거야 검찰에서 알아서 하지 않겠습니까? 저희야 조사만 하는 것이니……."

권순 형사도 변호사까지 나서자 더 이상 이 문제를 붙잡고 있어 봐야 자신의 일만 많아질 것이란 판단에 검찰에 떠넘겼다.

"알겠습니다. 그럼 그 두 사람 검찰에 송치하시는 것입니까?"

강도영은 권순 경사의 말에 다짐을 받듯 물었다.

그런 강도영의 질문에 권순 경사는 고개를 끄덕였다.

강도영 변호사는 권순 경사의 답변을 듣고 바로 자리에서 일어났다.

수한에게서 사건 의뢰를 받으면서 김갑돌과 리철명이 풀려날 수 있게 도와달라는 부탁을 들었다.

경찰서에 오기 전 이미 수한에게서 탄원서까지 받아 온 상태이기에 검찰에 송치 된다면 더 쉽게 뺄 수 있을 것이다.

비록 공모를 하였다고 하지만 그 범죄를 막은 것도 사실이니 말이다.

파이브돌스 멤버들은 뉴스를 접하자마자 급하게 수한을 찾았다.

아직은 활동 기간이 아니기 때문에 시간적 여유가 있었기에 일찍 연습을 마치고 수한을 찾은 것이다.

수한은 어느 사이 파이브돌스의 공동 동생이 되어 있었다.

몇몇은 조금 더 선을 넘기는 하였지만, 어찌 되었든 공식적으로는 누나, 동생 사이였다.

"너 어디 다친 곳은 없어?"

수정은 수한을 보자마자 수한의 몸을 살피기 시작하였다.

그런 누나의 모습에 수한은 빙그레 미소를 지으며 대답을 하였다.

"누나, 난 그 사건과 아무런 상관없어. 뉴스 내용과 좀 다른데…… 전에 내가 아빠, 엄마 만나러 캄보디아에 갔었을 때 만난……."

수한은 자신을 구하기 위해 곽철헌의 차에 돌진한 김갑돌에 관해 그를 어떻게 만났는지 차근차근 설명을 하였다.

한참 수한의 이야기를 들은 수정과 파이브돌스 멤버들

은 처음 수한을 만나기 위해 들이닥쳤을 때와는 다르게 표정이 많이 밝아졌다.

"어떻게 그런 인연이 있을 수 있냐."

"내 말이……. 역시 사람은 착해야 복 받는다니까."

"그래요, 언니. 그러니 언니도 매일 절 괴롭히지 말고 좀 착해 봐요."

"뭐야?!"

수한과 김갑돌의 기이한 인연에 대한 이야기를 하던 중 루나의 기습에 레이나는 순간 흠칫하였다.

평소 장난이 심한 레이나는 수시로 멤버들에게 장난을 쳤다.

다만 리더인 크리스탈이나 동갑인 미나, 그리고 자신보다 한 살 어리긴 하지만 차분한 예빈에게 장난을 거는 횟수보다 막내인 루나에게 치는 장난의 횟수가 많았다.

특히 자신과 성격이 비슷한 막내라 자신의 장난을 장난으로 받아치는 루나의 반응이 너무도 재미있었기 때문에 더욱 그러하였다.

그러다 보니 파이브돌스의 숙소나 대기실은 두 사람으로 언제나 난장판이 되기 십상이었다.

지금도 레이나 보다 먼저 루나가 선수를 쳤다.

이렇게 레이나와 루나는 틈만 나면 누가 먼저라고 할

것도 없이 서로에 대하여 장난을 쳤다.

"둘 다 조용히 못해?!"

오늘도 어김없이 소란을 피우자 수정이 나서서 두 사람을 제압했다.

"네."

"알았어."

장난을 치던 두 사람이 수정에 의해 제압이 되자 주변이 조용해졌다.

그러자 예빈은 수한을 돌아보며 말을 걸었다.

"참, 수한아. 조금 있으면 수빈이 올 거야."

"수빈 누나는 또 왜요?"

수빈이 온다는 예빈의 말에 수하는 또 그녀는 왜 자신을 찾아오는 것인지 의문이었다.

수빈은 전에 라이프제약의 외상 치료제 CF를 촬영을 한 뒤 천하 엔터와 계약을 하였고, 또 당시 촬영을 하던 감독의 눈에 띄어 또 다른 광고 촬영을 하며 모델로 데뷔를 하였다.

아마도 촬영을 끝내고 이곳으로 오려는 것으로 보였다.

"응, 아마 상처를 치료해 준 것에 대하여 감사 인사를 못해서 그럴 거야."

"감사는 무슨 감사요."

수한은 예빈의 마을 듣고 수빈이 무슨 이유로 자신을 보러 오는 것인지 깨달을 수 있었다.

그리고 보면 수한도 한국 남자는 한국 남자인가 보다.

예빈의 이야기를 듣고 겸연쩍어 하며 손사래를 하는 것을 보면 말이다.

하지만 예빈이나 수빈은 그렇게 생각하지 않았다.

사실 여자라면 자신의 외모에 대하여 무척이나 예민하게 반응을 한다.

그리고 화상으로 인해 콤플렉스를 가지고 있는 사람이라면 더욱 그러하다.

징그럽게 엉긴 피부를 보노라면 성격이 소심해진다거나, 심하면 자괴감에 빠지고 심할 경우 자살 충동에 삶을 포기하는 사람마저 있다.

비록 수빈은 그 정도까지는 아니더라도 콤플렉스 때문에 행동에 제약이 생기고 또 매사에 자신감이 결여되어 있었다.

하지만 CF촬영을 한 뒤로 언제 그랬냐는 듯 180도 바뀌어 언제나 적극적으로 행동을 하였고, 언제나 삶에 감사하는 마음으로 활동적으로 움직였다.

예빈은 자신의 동생이 그렇게 밝게 바뀐 것은 너무도 감사했다.

자신의 실수로 인해 동생이 소심하고 소극적으로 변해 가는 것에 안타까워하였는데, 이제는 그렇지 않았다.

 더욱이 파이브돌스의 비주얼 담당인 예빈의 동생이란 것이 알려지면서 일약 스타로 떠오른 수빈은, 데뷔하자마자 여기저기서 러브콜을 받고 있어, 요즘은 언니인 자신도 만나기 힘들었다.

 이렇게 동생이 잘된 것이 모두 수한의 도움이라 생각한 예빈은 수한의 곁에서 밝게 미소를 지으며 이야기를 하였다.

 그런데 이때 그런 예빈의 모습에 쌍심지를 켜고 나서는 사람이 있었다.

 "어머, 여기 얌전한 고양이인 줄 알았더니 부뚜막에 먼저 오르려고 하네!"

 루나는 크리스탈에게 혼나고 의자에 앉으려고 하다 예빈이 수한의 곁에 앉아 미소를 지으며 이야기를 하는 것을 보았다.

 "언니, 수한이는 제 거예요."

 루나는 예빈에게 말하고는 수한의 뒤에서 끌어안았다.

 "어머, 어머!"

 "어머! 용감한 막내라니까!"

 "야! 루나 너! 수한이에게서 안 떨어져?!"

루나가 기습적으로 수한을 뒤에서 껴안는 모습을 보게 된 파이브돌스의 멤버들이 한소리 하였다.

　하지만 멤버들의 그런 소리에도 루나는 꿋꿋하게 수한을 안은 팔을 풀지 않았다.

　아니, 더욱 힘을 주어 끌어안고 자신의 얼굴을 수한의 얼굴에 가까이 붙이며 과감한 애정 표현을 하였다.

　"너 미쳤어?!"

　루나의 그런 진한 애정 행각에 멤버들은 주변을 살폈다.

　아무리 파이브돌스와 수한의 관계가 많이 공개가 되었다고 하지만 이처럼 행동을 하면 문제가 될 수도 있었다.

　"너 이러다 스캔들 난다."

　레이나는 루나의 행동에 조금 진지한 표정으로 경고를 하였다.

　하지만 루나는 결심을 한 것인지 언니들의 만류에도 신경을 쓰지 않는다는 표정으로 대답을 하였다.

　"그럼 나야 좋지!"

　확실히 루나는 그것도 나쁘지 않다고 생각을 하였다.

　대한민국에 수한이 만큼 신랑감으로 최고의 조건을 가진 사람이 몇이나 될 것인가.

　집안을 봐도 대한민국에서 알아주는 대그룹 회장의 친손자로 로열 패밀리에 속한다.

그리고 가족 관계로는 대기업인 천하그룹 회장이 친할 아버지이고, 아버지는 외교관으로서 캄보디아 주재 대사 이시고, 어머니는 대한민국에서 최고라 평가하는 디자이너였다.

한 명 있는 누나는 대한민국 최고 아이돌그룹인 파이브 돌스의 리더였다.

또 수한 본인만 보더라도 또 어떤가.

20살에 미국에서 의학, 전자, 전기, 물리 등 박사 학위를 취득한 천재다.

뿐만 아니라 집에서 물려받은 것이 아닌 직접 자신이 개발한 물건을 팔아 회사를 사들일 정도로 재산도 가지고 있었다.

한마디로 엄친아, 슈퍼맨인 것이다.

이런 남자인데 누가 채 가기 전에 찜해 놓을 수만 있다면 그보다 더 좋을 수 있겠는가.

루나는 그렇게 장난 반, 진담 반 섞어 수한을 자신이 찜했다고 선포를 하는 중이었다.

그것이 외부에 알려지면 더욱 좋다고 생각을 하면서 말이다.

그리고 멤버들도 그런 루나의 선언이 결코 장난만은 아니란 것을 전부터 잘 알고 있었다.

한편 수한은 이런 루나의 애정 행각에 무척 당황했다.

그렇다고 싫지는 않았다. 가족을 제외하고 자신을 진심으로 사랑해 주고 또 표현을 해 주는 사람은 루나가 유일했다.

물론 다른 파이브돌스 멤버들도 수한에게 호감을 표하고 있기는 하지만 그건 어디까지나 호감 표시일 뿐 루나처럼 적극적인 표현을 하지는 않았다.

그 때문인지 루나의 애정 표현에 당황하기는 하지만 싫지만은 않았다.

아니, 루나의 그런 과감한 표현 때문인지 어느새 수한의 마음속에 루나의 모습이 들어서고 있었다.

"안 돼! 누구 마음대로 수한이 언니 것이라는 거예요."

언제 왔는지 한가한 카페의 입구에 수빈이 서 있었다.

그녀는 카페 안으로 들어서다 루나의 말을 들었는지 그렇게 소리쳤다.

쿵쿵쿵쿵!

수빈은 쿵쿵 거리면 일행이 앉아 있는 테이블로 다가왔다.

그리고 수한을 껴안고 있는 루나의 팔을 풀어 수한에게서 떼어 내었다.

"어어?"

수빈이 자신의 팔을 붙잡아 수한에게서 떼어 놓자 루나
는 당황했다.

너무도 당당하게 자신의 팔을 수빈이 풀어내자 당황한
것이다.

그런 수빈의 모습에 당황한 사람은 비단 루나뿐만이 아
니었다.

갑자기 등장해 자신과 루나를 떼어 내는 수빈의 모습에
수한 또한 당황했고, 또 자신의 동생의 이런 적극적인 모
습에 예빈 또한 엄청 당황했다.

하지만 이런 모습에 당황과는 다르게 흥미롭다는 눈으
로 쳐다보는 사람이 있었다.

그것은 바로 루나와 매일 아옹다옹하는 레이나였다.

'호! 이것 봐라?'

레이나는 이 모습이 무척이나 흥미로웠다.

솔직히 자신이 생각해도 수한은 무척이나 아까운 대상
이었다.

나이가 조금만 어렸어도 추파를 던졌겠지만 아쉽게도
수한은 자신의 친구인 크리스탈의 동생이었다.

그것도 다섯 살이나 나이 차이를 가진 그런 대상인 것
이다.

그 때문에 속은 쓰리지만 포기를 하였다.

수한이 나이가 조금만 더 많든가, 자신이 루나의 나이 정도만 되었어도 포기하지 않았을 것이다.

그렇지만 안타깝게도 다섯 살이나 나는 나이 때문에 포기하였다.

결혼 상대를 찾아보면 수한 정도는 아니지만, 따라다니는 남자들은 많았다.

나중에 가면 어떻게 될지는 모르겠으나 그래도 그중에서 한 명은 남지 않겠는가.

그런 생각을 가지고 있었기에 수한에 대한 마음을 접을 수 있었다.

그 뒤로 레이나는 아쉬운 마음이 들 때마다 수한에게 적극적인 애정 공세를 하는 루나를 도발하고 있었다.

그런데 그런 레이나의 눈에 루나보다 한 살 더 어린 수빈이 나타났다.

더욱이 레이나는 수빈의 언니인 예빈도 은근히 수한을 마음에 두고 있음을 잘 알고 있었다.

비록 같은 그룹 안에 있다고 하지만 이들의 관계를 지켜보는 것도 나쁘지 않았다.

수한을 마음에 두고 있다고 해서 예빈이나 루나가 서로 머리카락을 잡고 싸우는 것도 아니니 그저 지켜볼 뿐이었다.

나중에 가서 문제가 생긴다면 그때 해결을 하면 되는 문제이니 말이다.

"수빈 누나 어서 오세요."

루나를 자신에게서 떼어 놓고 그녀를 노려보는 수빈을 향해 수한은 인사를 하며 두 사람을 갈라 놓고 자리에 앉혔다.

하지만 이런 수한의 행동에 장난기 많은 레이나는 그냥 지나치지 않았다.

"어머, 우리 수한이 선수인가 보네?"

"예?"

수한은 갑작스런 레이나의 말에 두 눈을 동그랗게 뜨며 쳐다보았다.

한편 레이나의 눈짓에 미나도 이 장난에 동참하기로 하였다.

"어머, 그러게 말이야. 얌전한 줄 알았더니 수한이 엄청 선수였어!"

그녀들은 어느새 눈치를 주고받았는지 수한과 루나 그리고 수빈을 대상으로 분위기를 몰아가기 시작했다.

그리고 이런 레이나와 미나의 행동에 예빈과 수정도 함께하였다.

"내 동생이 이렇게 선수였다니……."

수정은 수한을 보며 실망했다는 표정을 하며 한 손으로 이마를 짚으며 고개를 돌렸다.

모르는 사람이 그런 수정의 모습을 본다면 정말로 동생의 행동에 실망하여 낙담을 한 것이라 믿을 수밖에 없는 모습이었다.

하지만 수한은 그런 평범한 인간이 아니었다.

어느 순간 누나들이 자신과 수빈 그리고 루나를 놀리고 있음을 눈치챘다.

"뭐, 꽃이 나비에게 찾아오는데, 굳이 나비가 꽃을 가릴 필요가 있나?"

수한은 그렇게 누나들의 놀림에 응수를 하며 자신의 오른쪽에 루나를 그리고 왼쪽에는 수빈을 앉혔다.

"어머!"

"어머나!"

수한의 행동에 수빈과 루나는 얼굴이 붉어졌다.

지금까지 한 번도 수한이 자신들에게 이렇게 적극적인 행동을 한 적이 없었기 때문에 무척이나 놀랐다.

한편 루나와 수빈의 행동에 장난을 치기 위해 수한을 몰아붙인 것인데, 엉뚱하게 수한이 적극적으로 그런 자신들의 말에 호응을 하자 루나와 미나 그리고 수정 등이 당황하기 시작했다.

더욱이 이곳은 자신들만 있는 장소가 아니라 외부에 공개된 카페가 아닌가.

장난도 정도가 있는데 만약 누가 이런 자신들의 모습을 찍어 SNS에 올리기라도 한다면 엄청난 구설수에 오를지도 모를 일이었다.

뭐 자신들이야 이미 확고한 자리에 앉아 있으니 별로 타격을 받을 일이 없겠지만 수빈은 아니었다.

이제 갓 데뷔를 한 수빈이 아닌가.

지금 잘나간다고 하지만 어디나 안티는 있었다.

예쁘고 청순한 이미지에 성형을 하지 않은 천연 미인이란 수식어로 떠오른 수빈에게도 안티는 있었다.

안티라는 것이 무슨 이유가 있어서 생기는 것이 아니다. 그저 타인의 관심을 끌기 위해 많은 사람들의 사랑을 받는 이들을 깎아내림으로써 자신들이 무엇이라도 된 것과 같은 착각을 하고 그러한 행동을 하는 것이다.

만약 스타들이 자신들의 말에 반응이라도 할라치면 더욱 기승을 부렸다.

근거도 없이 쓴 자신의 글에 심취해, 마치 그것이 진실인양 떠들고 다른 사람이 하는 진실은 들으려고 하지도 않는다.

그러한 안티들의 유명한 사건이 바로 모그룹 리더의 학

력을 의심해 만든 진실을 요구하는 모임이란 'X진요' 사건이다.

해당 외국 대학에서 그 가수가 실제로 재학을 했으며, 졸업까지 했다고 졸업 증명을 했음에도 그들은 믿지 않고, 계속해서 해당 가수와 그의 가족들을 해코지 하였다.

결국 그들은 법의 심판을 받았지만, 처음 문제를 제기한 놈은 외국으로 도망쳤다.

자신이 미국 시민권자란 것을 이용해 대한민국 법의 심판을 피해 간 것이다.

그로 인해 그자의 말에 놀아난 일부 안티들만이 자신의 행동에 대한 대가를 받았고, 정작 가장 먼저 처벌을 받아야 했던 그놈은 자신의 책임을 회피한 후로도 자신이 마치 기존 사회 규범에 희생당한 순교자인양 행세를 하였다.

아무튼 이런 관계로 자신들의 장난이 엉뚱하게 진행이 되자 레이나와 미나 등은 얼른 자신들의 장난을 사과했다.

"그, 그만! 우리가 잘못했다."

"우리 장난이 심했지! 미안!"

레이나와 미나는 얼른 수한과 루나 그리고 수빈을 보며 사과를 하였다.

그런 누나들의 사과에 수한이 미소를 지으며 대답을 하였다.

"그러게 누나들 장난이 심했어요."

수한의 말에 두 사람은 눈이 동그래졌다.

"어?"

"우리가 장난을 친 것을 어떻게 알았어?"

레이나는 수한의 말에 깜짝 놀라며 물었다.

그런 레이나의 질문에 수한은 아무런 말을 하지 않고 미소만 지었다.

"어휴, 진짜. 한순간 좋다 말았네……."

루나는 조금 전 수한의 행동에 조금 당황했지만 기분은 싫지 않았다.

아니, 가슴이 잠시 설레었다. 그런데 그게 장난이었다는 것을 알게 되자 실망감이 몰려왔다.

그리고 그건 수빈도 마찬가지였다.

아무도 모르게 혼자 가슴에 간직하고 있었는데, 수한이 자신의 손을 잡고 자신의 옆자리에 앉히자 엄청 심장이 두근거렸다.

그런데 그 모든 것이 언니들의 장난에 맞불 작전을 쓴 것이란 것을 깨닫고는 너무도 부끄러워졌다.

"언니, 두고 봐!"

수빈은 괜히 부끄러워 조금 전 다른 언니들과 함께 자신을 놀린 예빈을 향해 도끼눈을 뜨고 소리쳤다.

그런 수빈의 모습에 루나 또한 언니들을 보며 소리쳤다.

"숙소에 들어가서 봐요!"

수빈과 루나는 언니들에게 복수를 다짐하였다.

그런 두 사람의 복수 선언에 레이나와 미나 그리고 예빈은 뭐가 그리 웃긴지 싱글벙글하였다.

"그러든가, 말든가?"

마치 두 사람을 놀리듯 레이나가 그렇게 소리쳤고, 그런 레이나의 말에 루나의 눈빛이 반짝였다.

"누나, 그만 떠들고 우리 밥이나 먹어요. 다들 배고프지 않아요?"

수한은 더 이상 이곳에서 떠들다간 사람들의 시선에 녹아 버릴 것 같아 이들을 중재하였다.

그런 수한의 노력이 통했는지 여자들의 표정들이 밝아졌다.

그리고 보니 수한을 만나러 오기 전까지 연습실에서 안무 연습을 하였던 터라 무척이나 배가 고팠다.

수빈 또한 춤 연습은 아니었지만, 하루 종일 CF촬영을 하고 왔기에 허기가 지기는 마찬가지였다.

촬영 때문에 무언가를 함부로 집어먹을 수가 없었기에 하루 종일 굶었다.

그러니 저녁시간이 조금 지나가는 시각이라 무척 배가

고팠다.

◆　　　◆　　　◆

강도영 변호사는 리철명과 김갑돌을 데리고 사무실 안으로 들어섰다.

"다녀왔습니다."

강도영은 사무실 안으로 들어서며 인사를 하였다.

"아저씨, 그냥 편하게 말씀하세요. 듣기 불편해요."

수한은 라이프제약 자신의 사무실에 앉아 있다가 인사를 하는 강도영을 반겼다.

자신이 혜원의 양손자가 되면서 많은 이들의 도움을 받았다.

그리고 그중에는 지금 사무실로 들어서는 강도영 변호사의 도움도 있었다.

사실 강도영 변호사는 혜원이 수장으로 있는 지킴이의 일원이었다.

조상 대대로 내려오며 그의 할아버지, 그리고 아버지에 이르기까지 나라와 민족을 위해 노력했다. 그리고 강도영 역시 지킴이들의 정신에 감명을 받아 지킴이에 투신을 하였다.

자신의 분야에서 나라와 민족을 위해 이바지하는 지킴이들을 어려서부터 지켜보다 보니 수한도 그들의 삶에 빠지게 되었다.

환생을 하며 전생의 기억을 가지고 있다 보니 지킴이의 정신에 더욱 감명을 받았다.

자신의 욕망을 위해 기사로서 맹세한 것들을 저버리고 주군을 배신했던 근위기사들 때문에 나라가 전복됐으며, 자신 또한 죽음에 이르지 않았던가.

그러한 전생의 삶을 돌아보며 대를 이어 정신을 이어받아 그것을 지켜 나가는 지킴이들에게 수한은 존경을 마지 않았다.

그리고 그런 사람 중 한 명이 바로 앞에 있는 강도영 변호사다.

돈이 없어 억울한 누명을 쓰고도 변호사를 선임하지 못한 이들을 위해 적은 비용으로 변호를 하였고, 그도 내기 어려운 형편에 있는 사람들에게는 무보수로도 변호를 해주었다.

그러한 강도영 변호사의 모습에 감명을 받아 어려선 자신도 강도영 변호사와 같은 인권 변호사가 되기 위해 공부를 하였다.

하지만 중간에 생각을 바꿔 진로를 변경하였지만, 한때

존경하던 강도영이 자신을 보며 존칭을 사용하는 것에 수한은 부담이 되었다.

하지만 강도영 변호사는 지금 지킴이 동료로서 자리하는 것이 아닌, 비록 나이는 어리지만 의뢰인을 만나는 자리이기에 그는 수한에게 존칭을 하는 것이다.

"두 사람 모두 무혐의로 풀려났습니다."

강도영은 자신의 뒤를 따라 사무실에 들어오는 리철명과 김갑돌을 돌아보며 그렇게 대답을 하였다.

한편 수한은 강도영이 자신의 말에 대답을 하지 않고 이곳에 온 목적을 말하자 어쩔 수 없다는 표정을 하고 강도영 변호사 뒤를 따라 사무실로 들어온 두 사람을 돌아봤다.

"어서 오세요. 자리에 앉으세요."

수한은 강도영 변호사 뒤에 꿔다 놓은 보릿자루처럼 서 있던 리철명과 김갑돌을 보며 그렇게 말을 하였다.

"아, 예!"

수한의 말이 떨어지기 무섭게 두 사람은 얼른 앞에 있는 쇼파에 자리를 하였다.

"그때는 경황 중이라 제대로 인사를 못했네요. 감사합니다."

사건 당시 자신을 죽이려고 돌진하는 차에 충돌한 두

사람에게 감사 인사를 하였다.

비록 이들이 자신을 구하기 위해 뛰어들기 전 범인과 공모를 했었다고 자백을 했었지만, 그건 자신들의 행동을 정당화 시켰다.

공모를 하였지만 살인을 막았고, 그것이 정상참작이 되어 무혐의로 풀려나지 않았는가. 그러니 이들은 죄가 없다.

다만 이들은 자신이 한 행동에 대한 책임을 져야만 할 것이다.

한국 사회에서 살기에 돈이 없는 탈북자는 무척이나 고단하다.

그냥 한국에서 태어난 사람도 힘든데, 동포라고는 하나, 그들은 탈북자.

사람들은 이들을 보는 시각이 결코 평범하지만은 않다.

그러니 살인 청부에 공모한 것인지도 모르겠다.

아무튼 그런 잘못을 저지른 이들을 한국 사람들이 쉽게 받아들이지 않을 것은 분명하다.

그리고 같은 탈북자를 배신한 이들을 다른 탈북자들이 좋게 보지도 않을 것이다.

수한은 자신이 베푼 은혜를 갚기 위해 목숨을 내놓고 앞을 막은 이들을 그냥 둘 수 없었다.

그래서 강도영 변호사를 통해 이들을 변호하였다.

뿐만 아니라 이들의 사정을 알게 되어 이 자리에 불렀다.

"내 일은 여기까지이니 이만 가 보겠다."

강도영 변호사는 리철명과 김갑돌을 수한에게 데려오는 것까지가 의뢰였기에 더 이상 수한에게 존칭을 하지 않고 편하게 말을 하였다.

"수고하셨습니다."

"그래, 난 이만 가 보마."

"예, 전 아직 일이 남아 있어서 더 나가지 않겠습니다. 들어가십시오."

"오냐. 참, 싸인 받아 준 거 고맙다."

강도영 변호사는 수한의 사무실을 나서며 인사를 하였다.

그가 수한에게 고맙다고 한 이유는 바로 수한이 파이브 돌스 전원의 싸인을 받아다 주었기 때문이다.

물론 강도영 변호사가 파이브돌스의 팬이란 것은 아니다.

다만 그의 늦둥이 아들이 파이브돌스의 열혈 팬이었던 것이다.

그런데 늦게 본 자식이라 그래서 그런지 너무나 오냐오

냐 키워 버릇이 없고 엇나가기 시작했다.

그러다 파이브돌스라는 아이돌 그룹에 심취하게 되었다.

학교도 가지 않고 파이브돌스의 뒤만 따라다니는 것이 무척이나 신경이 쓰였는데, 이때 수한이 파이브돌스의 리더 크리스탈의 동생이란 것을 알게 되고 수한에게 부탁을 한 것이다.

수한으로서는 별로 어려운 일도 아니기에 누나를 만났을 때, 인사와 함께 싸인을 부탁했다.

그리고 수정을 포함한 파이브돌스 멤버들은 강도영의 아들 강성민에게 부모님 말씀 잘 듣고 자신의 꿈을 이루기 위해 노력하는 사람이 되라는 글을 남겼다.

자신이 좋아하는 누나들의 말이라 그런지 그 뒤로 강성민의 행동이 180도 바뀌었다.

모범생과 거리가 있던, 아니, 불량 학생에 가까웠던 강성민이 바뀌었다.

누가 깨워야 겨우 일어나던 그가 깨우지 않아도 알아서 일어나고, 자신의 방을 청소하며, 또 심심하면 빠지던 학교도 지각도 하지 않고 등교를 했던 것이다.

물론 그런 강성민의 행동을 작심삼일이라 생각하며 얼마나 갈 것인가.

우려의 심정으로 지켜보았지만 정말로 마음을 잡았는지

아직까지 그런 생활이 계속되고 있었다.

그 때문에 이렇게 수한에게 감사 인사를 하는 것이었다.

"뭘 그런 걸 가지고 그러세요."

"아니야, 그것 때문에 성민이의 행동이 180도로 바뀌었다. 전에는 정말로 저게 커서 뭐가 될까…… 걱정이 많았는데, 지금은 아니다. 정말로 고맙다."

강도영의 말을 들은 수한은 빙그레 미소를 지으며 말을 하였다.

"그럼 제게 고맙다는 말을 할 것이 아니라 누나들에게 인사를 해야죠."

"하하, 그래 네 말이 맞다. 언제 날 잡아 저녁이라도 대접을 해야 할 것인데……."

강도영은 말을 하며 은근하게 수한을 쳐다보았다.

이참에 그도 파이브돌스란 가수들이 어떤 이들인지 직접 보고 싶었기 때문이다.

얼마나 대단하면 엇나가던 아들이 말 몇 마디에 생활을 바꾸었는지 호기심이 생겼다.

"뭐, 그건 나중에 제가 알아보고 연락드릴게요."

수한은 강도영 변호사가 은근하게 자신을 쳐다보자 어쩔 수 없이 대답을 하였다.

수한의 대답을 듣고 강도영 변호사는 사무실을 나갔다.

GREAT
그레이트 코리아
KOREA

강도영 변호사가 나가고 사무실에는 이제 수한과 리철명 그리고 김갑돌만 남게 되었다.

자신들과 수한만 남게 되자 김갑돌과 리철명은 긴장을 하였다.

특히 수한과는 아무런 인연이 없는 리철명은 수한의 시선에 긴장을 하였다.

"저, 무슨 일로 저흴 부른 것임네까?"

비록 나이가 어려 보이지만 풍기는 기운이나, 조금 전 자신들을 데려온 변호사와도 잘 알고 있는 듯한 수한의 모습에 함부로 할 수가 없어 조심스럽게 물었다.

그런 리철명의 모습에 수한은 잠시 뜸을 들이며 리철명과 김갑돌을 지켜보았다.

수한의 시선에 포착된 리철명과 김갑돌의 모습은 참으로 불쌍해 보였다.

분명 자신이 알기로 두 사람은 이제 나이가 겨우 30대 초반이라 들었다.

그런데 겉으로 보이는 나이는 50대 후반이나 60대 초반으로 보였다.

더욱이 못 먹어 그런지 키도 작고 피부도 거칠어 더욱 나이가 들어 보였다.

특히나 몇 달 전에 한 번 보았던 김갑돌의 모습은 그때

보았던 것보다 더 안 좋은 상태였다.

한국에 들어와 얼마나 고생을 했는지 모르겠지만, 수한
이 보기에 정말로 캄보디아에서 봤을 때보다 상태가 안 좋
았다.

"그동안 무슨 일 있었습니까? 전보다 아닌 것 같습니
다."

수한이 말을 하자 김갑돌은 지금 수한이 무슨 말을 하
는지 알 수 있었다.

"일 없습네다."

김갑돌은 괜히 수한에게 부담을 주는 것 같아 괜찮다는
말을 하였다.

하지만 누가 봐도 김갑돌의 모습은 결코 좋아 보이지
않았다.

그리고 수한이 보기에 김갑돌은 뭔가 망설이고 있는 듯
한 모습을 보이고 있었다.

"무슨 할 말이라도 있습니까?"

수한은 자신에게 무슨 할 말이 있는 것 같은 김갑돌의
말에 그렇게 물었다.

하지만 김갑돌은 선뜻 수한의 말에 대답을 할 수가 없
었다.

그런 매형의 모습에 리철명이 입을 열었다.

GREAT
그레이트 코리아
KOREA

"저 실은……."

리철명은 현재 자신들의 처지와, 김갑돌의 부인인 자신의 누이에 대한 이야기를 하였다.

주지훈 목사의 도움으로 한국에 들어와, 정착을 하는 과정에서 정부로부터 받은 정착 자금을 사기를 당했다는 이야기를 하였다.

뿐만 아니라 그 때문에 자신의 누이가 아파 병원에 치료를 받아야 하지만 돈이 없어 제대로 치료를 받지를 못한다는 이야기도 했다.

그 때문에 안 좋은 일이지만 곽철헌의 제안을 받고 수한을 따라다니는 경호원이 타는 차량을 막는 역할을 맡았다는 이야기까지 하게 되었다.

그제야 자신의 주변에서 벌어졌던 일의 전말을 알게 된 수한은 잠시 생각에 잠겼다.

벌써 몇 번째인지 모른다.

자신의 의사와 상관없이 누군가가 자신을 노리고, 또 주변을 노리기 시작한 것이 말이다.

자신은 상관없지만 자신의 가족들이 주변 사람들이 누군지 모를 범죄자의 목표가 되었다는 것이 못내 화가 났다.

본인은 누가 와도 충분히 막아 낼 수 있다. 하지만 자신의 가족이나 주변 사람들은 아니다.

이런 생각을 하게 된 수한은 자신만의 세력이 있어야 함을 깨달았다.

비록 가문에 무력 집단이 있다고 하지만 그것은 수한 본인의 힘이 아닌 정 씨 가문에 속한 힘이다.

온전한 자신의 힘이 아니라면 언급할 필요가 없었다.

수한은 직접 자신의 뜻에 따라 움직이는 손발이 필요했다.

"두 분…… 제 밑에서 일해 볼 생각 없습니까?"

느닷없는 수한의 제안에 리철명이나 김갑돌은 대답을 하지 못했다.

"대우는 풍족하게 드린다고는 말씀 드리지 못하겠지만, 그렇다고 적지는 않을 것입니다."

수한은 자신이 두 사람에게 해 줄 수 있는 것에 대하여 하나하나 설명을 해 주었다.

"일단 두 분이 제 밑에서 일을 하게 된다면, 먼저 라이프제약 보안팀 직원이란 직함을 받을 수 있습니다. 직원이시니 4대보험이 적용이 될 것이고, 또 제 직속이기 때문에 회사 내에서 별다른 간섭도 없을 것입니다. 그저 제가 시키는 일만 하시면 되는 일입니다."

수한의 이야기가 계속될수록 리철명과 김갑돌의 눈이

점점 커졌다.

절대로 자신들에게 손해가 나지 않는 제안이었다.

탈북자로서 기업의 정식 직원이 되는 것이 얼마나 힘든 일인지 잘 알고 있는 리철명이다.

더욱이 조금 전 말한 4대 보험을 적용한다는 것은 요즘 뉴스에 나오는 비정규직 직원도 아니고, 정식 직원으로 채용을 해 준다는 말이었다.

"하갔습네다!"

"저도 하갔습네다! 무슨 일이라도 시켜 주시라요."

김갑돌 보다 먼저 탈북을 하여 한국에 오래 있었던 리철명이 먼저 수한의 제안에 응했고, 김갑돌도 매제의 모습에 일생일대의 기회란 생각에 대답을 하였다.

두 사람이 자신의 제안에 승낙을 하자 수한의 눈이 반짝였다.

즉흥적으로 제안을 하였지만 제안을 하면서 수한은 머릿속으로 두 사람을 어떻게 활용할 것이며, 또 어떤 방식으로 자신의 주변 사람들을 보호할 것인지도 계획하였다.

7.
차세대 주력 전차 계발 계획

"감사합네다."

"정말로 감사합네다. 이 은혜를 어떻게 갚아야 할지 정말로 할 말이 없습네다."

리철명과 김갑돌은 수한을 향에 연신 고개를 숙이며 감사 인사를 하였다.

현재 이들은 천하그룹 산하 병원인 천하병원에 와 있었다.

이들이 이곳에 온 이유는 몸이 아파 치료를 받아야 하는 김갑돌의 부인인 리순임의 치료를 위해 입원을 시키기 위해 온 것이다.

수한은 리철명과 김갑돌을 받아들이면서 회사 복지 차원에서 지원되는 의료 서비스를 이용해 리순임을 천하병원에 입원을 시켰다.

비록 수한이 고문으로 있는 라이프제약이 천하그룹 계열이 아니기에 할인을 받지는 못하지만, 그룹 회장의 손자에, 병원장이 그의 큰어머니였다.

그러니 병실을 굳이 예약을 하지 않더라도 구할 수 있었다.

수한은 몸이 아픈 김갑돌의 부인만 병원에 데려온 것이 아니었다.

리철명과 김갑돌 두 사람을 받아들이면서 혹시나 두 사람의 가족들의 건강을 확인하기 위해 가족들에 대한 종합 검진도 신청을 하였다.

가족이 건강해야 두 사람이 다른 곳에 신경을 쓰지 않고 일에 전념을 할 것이기 때문이다.

물론 이런 복지 정책은 아직 천하그룹에도 실행되지 않고 있는데, 수한은 라이프제약을 인수하면서 직원 복지 차원에서 이런 정책을 실시하였다.

이는 미국에서 공부를 하면서 미국 기업들의 좋은 시스템을 한국에 들여와 적용을 시킨 것뿐이다.

그 때문에 라이프제약의 직원들의 직업 만족도는 큰 폭

으로 향상이 되었다.

처음 수한이 조은제약을 인수하고 라이프제약으로 상호를 바꾸면서 강조했던 것이 직원이 행복한 회사였다.

직원이 행복해야 그들이 일하는 직장이 행복하고, 또 그들이 생산한 약을 사용하는 이들이 행복해진다는 주장을 하며, 비록 그 때문에 수익은 조금 줄었지만 상관이 없었다.

인간이 살아가는 데 필요한 돈은 그렇게 많지 않았다.

어느 한계 이상을 넘어가면 모두 사치일 뿐이다.

사람이 사치를 부리기 시작하면 그 한계는 없어진다.

옛 어른들 말씀으로 서 있는 놈은 앉고 싶어 하고, 앉으면 눕고 싶어 한다라 하였다.

인간은 적당히 자신의 욕망을 통제하지 않으면 게을러지고 나태해진다.

수한은 비록 그 정도는 아니지만, 자신이 주인으로 있는 라이프제약의 직원들만은 자신이 생각하는 정도의 복지를 누리게 해 주고 싶었다.

수한이 생각하기에 한국의 기업 문화는 무언가 잘못되어 있었다.

마치 중세 왕정 국가를 보는 듯하다.

마치 회사가 자신의 소유물인양 경영을 하였고, 또 직

원들을 아무 때나 쓰다 버릴 수 있는 소모품으로 생각을 하였다.

그렇지만 그것은 70년대 정부가 국가 발전을 위해 펼친 기업 정책이 몇 십 년이 흐른 지금까지 기조를 이어 가면서 만들어진 현상이었다.

당시에는 대한민국의 경제는 북한보다 못하였다.

국민 소득이 1,000불이 되지 못하던 시대였다.

그렇다 보니 외화를 많이 벌어 오는 기업에 힘을 실어 주어 외화를 많이 벌어 오게 만들어야만 하였다.

그러다 보니 기업인들에게 유리한 법령들이 만들어졌다.

물론 그 때문에 대한민국은 많은 발전을 하였다.

수한은 그런 기업인들을 폄하하려는 것은 아니다.

하지만 그렇게 국가와 국민의 희생 속에서 성장한 기업들은 지금에 와선 그것이 마치 자신들만의 노력으로 그렇게 된 것처럼 떠들고 있다.

그들이 만들어 내는 물건의 단가를 낮춰 외국 제품과 경쟁을 할 수 있게 하기 위해, 국가에서는 그들의 공장에 들어가는 전기료를 대폭 낮춰 주었다.

뿐만 아니라 국내 산업을 보호하기 위해 외국의 시장 개방 압력을 받으며 국내 곡물 시장의 문호를 개방하였다.

이처럼 국민의 희생을 담보로 성장을 했으면 기업들은

자신들의 본분을 깨닫고 자신들을 위해 희생한 국민들에게 보답을 해야 한다고 생각했다.

그렇지만 그들은 그렇지 않았다.

자신들이 벌어들인 외화를 불법으로 편취하여 외국으로 빼돌렸다.

조세 피난처로 알려진 버진 아일랜드나 바베이도스 등에 돈을 빼돌리고, 또 그도 모자라 차명계좌를 이용해 다른 사람의 명의로 재산을 빼돌렸다.

이 모두 불법으로 처벌을 받아야 할 일이지만 이 또한 로비를 통해 자신들의 범죄를 감추었다.

수한은 이런 기업들의 모습에서 전생의 귀족들을 보았다.

전쟁이 없을 때는 백성들의 위에 올라 각종 권리를 누렸으면서 정작 전쟁이 나자 가장 먼저 조국을 배신하고 나라를 전복하는 데 앞장섰다.

자신들의 이득을 위해서라면 민족과 나라도 헌신짝 버리듯 저버렸다.

그런 귀족들의 모습을 한국의 대기업 경영자들에게서 보았다.

물론 그렇지 않은 경영진들도 있었다.

하지만 그런 사람은 극히 일부였고, 대부분 자신의 이

익을 위해서라면 쉽게 국정도 바꿀 위인들이 대다수였다.

수한은 그런 이들을 보면 반면교사의 예로 삼아 자신의 행동 지표로 삼았다.

그래서 처음 실시한 것이 바로 직원들의 복지 정책이고, 그것은 라이프제약에 속한 직원들을 만족시켰다.

그러했기에 라이프제약의 직원들은 말단에서 사장까지 자신이 회사의 주인이란 생각으로 자신의 직분에 맞게 열심히 노력을 하였다.

그렇게 노력을 함으로써 라이프제약은 금방 정상을 회복하고 더 나아가 약진을 할 수 있었다.

아무튼 리철명과 김갑돌의 가족들도 두 사람이 라이프제약의 직원이 됨으로써 직원 가족들이 누리는 혜택을 누릴 수 있게 되었다.

"리철명 씨는 전직 북한 특수부대에 근무를 했다고 하는데, 탈북자 중에 그런 분들이 얼마나 있습니까?"

수한은 자신을 보며 감사 인사를 하는 리철명을 보며 물었다.

두 사람을 받아들이면서 구상했던 것을 완성하기 위해선 자세히 알아야 했기 때문이다.

만약 생각 보다 인원이 적다면 탈북자뿐 아니라 대한민국 특수부대 출신 중에서도 선발할 생각이다.

"북한의 식량 사정이 어려워지면서 저와 같은 특수부대 원들이 많이 군을 나와 외국으로 외화 벌이를 나갔습네다. 그리고 상당수가 북한을 탈출해 남한으로 들어왔습네다."

수한의 질문에 리철명은 자세한 숫자는 이야기 하지 않 고 상당히 많다고 말을 하였다.

수한은 이런 리철명의 대답에 자신이 생각하는 것 보다 더 많을 수 있다는 생각이 들었다.

"그러면 리철명 씨가 알고 있는 사람 중 책임감이 투철 한 사람으로 스무 명만 모집해 주십시오."

"스, 스무 명 말씀이십네까? 그렇게나 많이 뭐르 하려 고?"

리철명은 탈북자들 중에서 특수부대원 출신 모집을 하 라는 말에 깜짝 놀랐다.

그가 이렇게 놀라는 이유는 한국의 국정원에서 자신들 을 감시하고 있음을 잘 알고 있다.

그런데 이런 상황에서 특수부대 출신 스무 명이 모여 있다면 결코 그들이 가만두지 않을 것이기 때문이다.

"모집을 하는 것은 어렵지 않지만 괜찮겠습네까? 아실 지 모르갔지만, 저희들은 국정원에 감시를 받고 있습네다. 또 국정원에서도 저희들에게 모이지 말라고 했는데, 어떻 게 합네까?"

민주주의 국가에서 민간인을 사찰한다는 것은 불법적인 일로 아무리 공무원이라고 하지만 처벌을 받는다.

하지만 탈북자 그중에서도 북한군 특수부대원 출신이라면 이야기가 달라진다.

이들은 군에 대하여 어느 정도 알고 있는 사람이라면 고개를 끄덕일 수밖에 없는데, 북한의 특수부대원의 훈련 강도는 이루 말할 수 없을 정도로 혹독하다.

그 때문에 이들에게는 손에 들리는 모든 것이 무기로 활용될 수 있는 인간병기들.

비록 북한의 경제 사정이 악화되면서 많은 군인들이 군복을 벗고 살기 위해 외화 벌이에 나서긴 했지만, 아무튼 극히 위험한 존재임은 말하지 않아도 알 수 있다.

한때 북한 특수부대원들은 아랍의 테러 단체의 군사 고문 또는 군사 훈련 교관으로 파견을 다닐 정도로 유명했다.

그런데 세월이 흘렀다고 해서 몸에 익은 살인 기술이 없어지는 것은 아니다.

이들 전직 북한군 특수부대원 스무 명이면 사회에 큰 혼란을 야기할 수 있는 전력이다.

그러니 이들에 대한 감시가 없을 수 없었다.

"그건 제가 알아서 하겠습니다. 여러분들의 신원은 저

희 라이프제약에서 보증을 할 것이니 안심하십시오."

수한은 리철명의 이야기를 듣고 자신이 조금 쉽게 생각을 했다는 생각이 들기는 하였지만 곧 그런 생각은 털어 버렸다.

회사에서 이들을 신원 보증하고 그것도 안 되면 할아버지를 통해 정부와 협상을 할 생각이었다.

정부도 굳이 이들을 감시하기 위해 많은 요원을 파견하여 예산을 낭비하는 것 보다는 차라리 한곳에 모여 있고, 또 확인된 단체에서 이들을 관리 감독을 하는 것이 이득이란 것을 알 것이다.

수한이 이렇게 리철명과 김갑돌과 이야기를 하고 있을 때 일단의 사람들이 다가왔다.

뚜벅뚜벅.

"수한이, 오랜만이네?"

수한에게 먼저 말을 건 사람은 바로 이 병원의 원장이자 수한의 큰어머니인 장서희였다.

"큰어머니, 그동안 안녕하셨어요?"

수한은 먼저 자신에게 말을 건 장서희에게 인사를 하였다.

"그런데 우리 조카 무슨 일로 병원을 다 찾아온 거니? 설마 날 만나러 온 거야?"

"하하, 그게……."

큰어머니의 너스레에 수한은 뒷머리를 긁으며 얼버무렸다.

"응, 옆에 계신 분들은 누구시니?"

장서희는 수한의 옆에 서 있던 리철명과 김갑돌을 보며 물었다.

그런 장서희의 질문에 자세를 바로 하고 대답을 하였다.

"예, 이번에 절 구해 주신 분들이에요. 그리고 저희 회사 보안팀 직원이기도 하고요."

수한은 리철명과 김갑돌의 신분에 대하여 간략하게 설명을 하였다.

그런 수한의 대답에 장서희도 고개를 끄덕였다.

그녀도 신문을 통해 얼마 전 있었던 사고에 대하여 알고 있었다.

장서희도 정 씨 가문의 일원이기에 조카인 수한이 겪은 사고에 대하여 관심을 보였다.

18년 만에 실종되었다가 돌아온 조카이기도 하고, 자신의 시아버지인 정대한 회장이 관심을 가진 사람이기도 했기에 그녀도 관심을 가지고 지켜보는 중이다.

둘째 조카의 이야기를 들어 보면 참으로 대단하다고 생각이 들었다.

어린 나이에 미국에서 박사 학위를 취득하고, 실용화할 수 있는 설계도를 그려 거래를 하여 막대한 돈을 벌었다는 이야기를 들었다.

자세한 말은 하지 않았지만, 그것 때문에 안팎으로 심해지던 압력에서 벗어난 둘째 조카의 밝은 표정을 보았기에 장서희도 수한을 쉽게 생각하지 않았다.

"그러니. 그런데 병원에는 웬일이야? 설마 얼마 전 사고가 있었다고 하던데, 어디 아픈 곳이라도 있니?"

큰어머니의 우려석인 말에 수한은 얼른 대답을 하였다.

"아니에요. 제가 아파서 온 것이 아니라 여기 김갑돌 씨 아내분이 아프셔서 병원에 입원을 시켰습니다. 그리고 이참에 직원 가족들 종합 검진을 받으려고요."

"아, 그래?"

"예, 저희 회사는 직원의 복지에 좀 신경을 쓰는 편이라 직원뿐 아니라 그 가족들까지 회사에서 의료 지원을 하고 있습니다."

장서희는 그가 무슨 말을 하는지 금방 알아들을 수 있었다.

그녀 또한 미국에서 박사 학위를 받기 위해 유학을 했었다.

그랬기에 미국의 의료 서비스 현황을 잘 알고 있었다.

미국 회사들의 직원과 그 가족들의 의료 보험을 책임진다.

한때 한국의 국민 의료 보험을 벤치마킹하여 미국에도 도입하려는 움직임이 있었다.

하지만 그러한 시도는 보기 좋게 기득권 세력의 방해로 실패를 하였다.

선진국이라고 해서 모두 좋은 것만 있는 것은 아님을 알 수 있었다.

아무튼 장서희는 조카의 깨인 생각에 기분이 좋았다.

"그래, 참 좋은 회사 같구나!"

장서희는 자신이 느낀 대로 이야기를 하였다.

그런 큰어머니의 말에 수한은 밝게 미소를 지었다.

비록 회사에서의 직함이 고문이기는 하지만, 사실 자신이 실질적인 주인 아닌가.

더욱이 직원과 그 가족들에 대한 의료 서비스 확대는 자신이 직접 기안한 제도였다.

그러니 지금 장서희가 하는 칭찬은 수한 자신을 칭찬하는 말이었다.

"집에 자주 좀 들리렴."

"알겠습니다."

장서희는 계속해서 조카와 많은 이야기를 하고 싶었지

만 일정이 있었기에 수한에게 말을 하였다.

그런 큰어머니의 말에 수한도 알겠다는 대답을 하고 헤어졌다.

잠시 멀어지는 큰어머니의 뒷모습을 지켜보던 수한은 다시 고개를 돌려 리철명과 김갑돌을 돌아보며 말했다.

"아까 이야기한 것처럼 뒷일은 제게 맡기시고 일단 스무 명을 모집해 주세요."

"알갔습네다."

수한의 지시에 리철명은 고개를 숙이며 대답을 하였다.

리철명의 대답을 들으며 수한은 어제 세웠던 계획에 살을 보태 계획을 완성하였다.

수한의 생각은 라이프제약 내에 북한 특수부대 출신 탈북자 스물두 명으로 보안팀을 만들 생각이었다.

그리고 이들은 일부는 이름 그대로 라이프제약을 지키는 보안팀으로써 임무를 수행하고, 또 일부는 자신과 가족들의 안전을 위해 경호를 하게 만들 생각이다.

물론 가족들에게는 천하가드에서 나온 경호원들이 있었다.

하지만 수한이 생각하기에 천하가드의 경호원만으로는 안전을 확신하기 힘들었다.

수한 본인의 기준으로 천하가드의 경호원들의 수준은

조금 수준 미달이었다.

이는 수한의 기준이 무척 높은 것이지만, 그의 생각에 가족의 안전에 대한 기준은 엄격해야 한다고 생각했다.

그리고 그 기준에 기존 천하가드의 직원들이 못 미치는 상황이니 자신이 직접 가족들의 안전을 챙길 생각이었다.

물론 그런 수한의 생각에 천하가드의 사장이나 수한의 할아버지인 정대한 회장은 조금 불쾌한 생각이 들 수도 있지만, 수한에게 그런 것은 고려의 대상이 아니었다.

가족과의 이별은 한 번이면 충분했다.

타의에 의해 18년간 가족과 생이별을 했던 수한이기에 이런 수한의 생각을 거부하는 이들을 생각해 줄 만큼 수한이 호락호락하지 않았다.

수한은 전생의 기억과 현생에서 배운 모든 것을 동원해 특별한 경호원들을 만들 생각이었다.

미국에서 박사 학위를 받기 위해 공부하던 중 들은 그 것을 이곳에서 완성시키려고 결심을 하였다.

이러한 수한의 결심으로 인해 대한민국은 미국보다 먼저 슈퍼 솔져를 가지게 되었다.

물론 이러한 결과물은 아직 시간이 더 흐른 뒤에 만들어질 결과이기는 하지만 말이다.

GREAT
그레이트 코리아
KOREA

◆　　　◆　　　◆

　"천하그룹에서 이번 국방부의 차세대 주력 전차 개발에
뛰어든다고?"

　"예, 정보에 의하면 천하그룹 정대한 회장이 그룹의 사
활을 걸고 이번 군의 주력 전차 개발 사업에 뛰어든다 합
니다."

　일신그룹 전략회의실, 그곳에 모인 사람들은 심각한 표
정으로 회의를 하였다.

　원래 일신그룹의 사업 영역과 천하그룹의 사업 영역은
겹치는 부분이 별로 없었다.

　1980년대 들어 대한민국이 고도 성장을 하면서 많은
기업들이 생겨나고 사라졌다.

　이 과정에서 일신그룹은 많은 기업들을 막대한 자본과
작전을 통해 먹어 치웠다.

　그렇게 기업 사냥을 한 일신그룹은 재계 서열 30위권
이던 것을 10위권 안으로 끌어올릴 수 있었다.

　이때부터였다.

　그전에는 천하그룹과 부딪히더라도 그저 자신들의 영향
력을 이용해 간접적으로 천하그룹에 피해를 주던 것에서
벗어나 동종업계에서 경쟁을 하기 시작했다.

엎치락뒤치락하며 경쟁을 하는 중 천하그룹은 사세가 기울어 이제는 30위권으로 떨어졌다.

다만 천하그룹은 양적 팽창을 한 일신그룹이나 다른 기업들과 다르게 자체적으로 계열사들 중 연관이 있는 계열사 별로 합병을 하고, 또 일부는 다른 기업에 팔아 버렸다.

외형적으로야 천하그룹이 축소되어 50위권 외곽으로 쳐졌지만 내실은 그렇지 않았다.

오히려 부실 규모가 줄어들어 IMF, 즉, 외환 위기 때 오히려 이때 규모를 축소했던 것이 전화위복이 되어 안전할 수 있었다.

아무튼 천하그룹과 공공연하게 앙숙으로 지내고 있는 일신그룹은 국방부에서 발표한 차세대 주력 전차 개발 계획에 뛰어들 생각을 하고 있었다.

이번 주력 전차 개발 계획은 역대 최대 규모로 낙후된 육군 기갑부대의 M48계열 전차 전량과, 88전차로 불리는 K—1전차를 교체하기 위한 사업이었다.

이 수량만 해도 1,000대에 달하는데, 대당 가격이 100억이라고 하면 무려 10조 원에 달하는 엄청난 금액인 것이다.

그러니 천하그룹뿐 아니라 일신그룹도 이에 욕심을 부릴 수밖에 없었다.

"무슨 좋은 생각 없나?"

일신그룹 회장인 신상욱은 그룹 사장들을 보며 물었다.

하지만 어느 누구도 신상욱 회장의 질문에 선뜻 대답을 하지 못했다.

그도 그럴 것이 이 자리에 있는 사람들 대부분이 전차에 대해 아는 것이 별로 없었기 때문이다.

전차란 그저 군에서 사용하는 무기 정도로만 알고 있는 이들이 어찌 차세대 주력전사 개발 사업에 관해 이야기를 할 수 있겠는가. 더욱이 이 자리에 있는 사람 중 군복무를 한 사람은 아무도 없었다.

그것이 신상욱 회장을 비롯한 스무 명이 넘어가는 임원진 모두 각종 이유를 들어 병역을 회피하였다.

그러니 먹음직한 떡이 있어도 함부로 손을 대지 못하는 상황이었다.

시간이 지나도 서로 눈치만 보느라 안건을 내놓지 않자 신상욱 회장의 표정이 구겨졌다.

"왜 다들 꿀 먹은 벙어리마냥 대답이 없는 것이야!"

호통을 친 신상욱 회장은 날카로운 시선으로 회의장에 앉아 있는 임원들을 돌아보았다.

하지만 그럼에도 어느 누구 하나 쉽게 입을 열지 않았다.

그도 그럴 것이 괜히 먼저 나섰다가 덤터기를 쓸 수가 있기 때문이다.

솔직히 말이 좋아 10조 원이라는 천문학적인 예산을 투입하는 사업이지 자세히 들여다보면 그렇게 수지타산이 맞지 않는 사업이었다.

분명 10조 원은 엄청난 금액이다.

하지만 사업이 최초 입안대로 1,000대나 되는 노후화된 전차를 모두 교체를 할지도 사실 믿을 수 없었다.

뿐만 아니라 국방위에서는 어떤 수단을 써서라도 사업 예산의 규모를 줄이려 할 것이다.

또 국방위뿐만 아니라 군부 내에서도 반발이 있을 것이고, 관행이라는 미명하에 뒷돈을 요구하는 이들도 나올 것이 분명했다.

이런 문제만 있는 것도 아니다.

이것들도 넘어야 할 산이지만, 우선적으로 선정이 되었다고 하여도 육군이 요구하는 요구 성능을 충족하려면 그 또한 고난의 연속이다.

대한민국 육군이 야심차게 내놓았던 주력 전차 흑표가 왜 망하게 되었는가를 생각하면 답이 나오는 일이다.

성능만 놓고 보면 흑표는 무척이나 대단한 전차이다.

다른 선진국의 주력 전차에 밀리지 않는, 아니, 어떤 면에서는 더욱 뛰어난 성능을 가지고 있었다.

하지만 과도한 성능 요구와 빡빡한 개발비는 잦은 설계 변경과 부실한 불량 장비를 만들어 냈다.

그 때문에 흑표는 처음 계획과 다르게 많은 부분이 처음 계획과 다른 불안정한 완성품을 내게 되었다.

뿐만 아니라 관행적인 로비로 인해 국산화도 이루지 못하고 주요 부품을 외국에서 들여오게 되었다.

이 때문에 다시 한 번 예산이 초과되고 그 때문에 도입 대수를 삭감하기에 이르렀다.

아니, 거기에 그치지 않고 육군은 요구 성능에 미치지 못하는 흑표를 수령하지 않으려고 하였다.

이처럼 어처구니없게 여러 상황이 맞물려 흑표는 애물 단지가 되었고, 또 흑표를 생산한 방산 업체는 적자를 보게 되었다.

이 때문에 지금 일신그룹 회의장에서도 누구 하나 나서서 안건을 내려고 하지 않는 것이다.

잘못해 자신이 그 사업을 담당하게 된다면 나중에 모든 잘못을 자신이 덮어써야 하기 때문이다.

이렇게 서로 눈치를 보고 있을 때, 신상욱 회장의 장남이자 일신그룹 전략기획실장이며 또 일신 중공업의 사장인 신원민이 입을 열었다.

"회장님."

"그래, 신 사장이 말해 봐."

이곳은 회사이기에 신원민이나 신상욱 회장 모두 직함을 부르며 이야기를 하였다.

"저희 그룹이 천하 보다 재계 순위나 규모면에서 앞서 간다고 하지만 방위사업 부분에서는 아직 그들과 경쟁을 하기에 기술이나 규모면에서 그들을 따라갈 수 없습니다."

신원민 사장이 말을 하자 신상욱 회장의 인상이 찡그려 졌다.

자신의 아버지 때부터 천하그룹과는 전쟁 아닌 전쟁을 하고 있었다.

지금이야 그들을 앞서며 우위를 점하고 있지만, 아직도 천하그룹을 압도한다고 단언할 수가 없었다.

솔직히 신상욱 회장은 그것이 불만이었다.

재계 순위만 따져도 10위 안에 들어가는 일신과, 이제 겨우 30위권에 머물고 있는 천하그룹은 비교 대상이 아니 다.

그렇지만 내면을 들여다보면 또 그렇지 않다.

자신이 거느린 일신그룹은 여타 다른 그룹들에 비해 부 채 비율이 무척이나 높았다.

규모를 키우기 위해 무리하게 인수합병을 하면서 회사

의 부채 비율은 2,000%가 넘어가는 계열사도 있었다.

가장 부채 비율이 적은 일신제약도 부채 비율이 1,400%나 되었다.

일신그룹의 평균 부채 비율을 따지면 2,100%나 되었다.

아무리 부채도 자산이라고 하지만, 너무도 자본 구조가 취약했다.

IMF 이후 정부에서는 기업들의 부채 비율을 줄이라고 하였지만, 대한민국에 적을 두고 있는 그룹들은 그때뿐이었다.

잠깐 부채 비율이 1,000% 미만으로 떨어진 때도 있었지만, 잠시뿐이었다.

이 때문에 경제학자들은 제2의 IMF가 오는 것은 아닌지 우려를 할 정도다.

기업들의 부채 비율이 다시 오르고 있어 그런 우려의 목소리가 있었지만, 일신그룹은 마이독경(馬耳讀經)식으로 주변의 말에 전혀 귀를 귀 기울이지 않고 덩치만 키워 나갔다.

정부는 이런 일신그룹의 경영 행태를 질타를 해야 하지만, 이미 이들에게 매수된 정치인들의 비호로 어이없게도 국고를 열어 지원을 하였다.

이에 반해 천하그룹은 일신그룹을 대신하는 정치인들의 공세에 큰 어려움을 겪었다.

이 때문에 체질 개선을 하기 위해 임원들의 임금 삭감과 부실 기업의 정리 등을 통해 다른 기업들이 덩치를 키울 때 천하그룹은 오히려 내실을 다지기 위해 규모를 축소시켰다.

그런 노력이 있었기에 천하그룹은 IMF가 닥쳐 왔을 때도 선행된 체질 개선으로 인해 큰 어려움을 쉽게 넘어갔다.

부채 비율이 겨우 300%밖에 되지 않는 우량 기업이다 보니 IMF의 영향을 피해 간 것이다.

물론 아주 영향이 없던 것은 아니었지만, 불경기에 큰 영향을 받지 않는 사업들이 주류를 이루다 보니 다른 기업들에 비해 쉽게 통과하였다.

이렇게 남들 어려운 시기에 내실을 다지고 남들이 안 할 때 공격적인 마케팅으로 천하그룹은 일신그룹의 공격으로 밀렸던 재계 순위를 끌어올릴 수 있었다.

이러한 내막을 알고 있는 신원민 사장은 객관적으로 자신들과 천하그룹을 비교하며 이번 주력 전차 개발 사업에 관해 자신의 견해를 말했다.

"제 말씀이 회장님께서 듣기에 거슬리더라도 이 부분에

서는 아주 객관적으로 보고 넘어가야 할 문제입니다. 방위
산업에 관해서 저희 일신이 천하에 비해 한 수 내지는 두
수 정도 뒤처지는 상태입니다. 그러니 이것을 극복하기 위
해선 특단의 조치가 필요합니다."

"특단의 조치?"

"예, 특단의 조치 말입니다."

"그래, 어떤 특단의 조치를 해야 천하에 뒤처지는 기술
을 극복할 수 있다는 말이지?"

신상욱 회장은 자신의 큰아들이 하는 말에 처음에는 눈
살을 찌푸렸지만 계속되는 말에 넘어가 귀를 기울이기 시
작했다.

그가 알기로도 천하그룹의 방위산업 부분은 대한민국에
서 최고였다.

이번에 육군에 보급된 대전차 미사일만 해도 그렇다.

자세한 성능은 알려지지 않았지만 지금까지 개발된 대
전차 미사일 중 손을 꼽을 정도로 잘 만들어진 물건이란
이야기를 들었다.

아직까지 성능 개량의 여지가 있는 물건이기는 하나,
그건 그것대로 신상욱 회장의 배를 아프게 하였다.

개량의 여지가 있다는 말은 다르게 말해서 개량을 하면
더욱 잘 팔려 나간다는 말이기 때문이다.

아무튼 신상욱 회장은 큰아들의 말에 관심을 보이기 시작했다.

"대책이란 다른 것이 아닙니다."

"다른 것이 아니다?"

"예, 저희가 따라가지 못한다면, 그들에 버금가는 기술을 가진 곳과 합작을 하면 됩니다."

신원민 사장은 아주 당연한 이야기를 하고 있었다.

하지만 신상욱 회장은 눈이 커졌다.

그동안 자신은 일신그룹이 천하그룹보다 더 낫다는 매너리즘에 빠져 생각하지 못했다.

분명 작은 기업이라고 해도 대기업보다 뛰어난 무언가가 있을 수 있었다.

하지만 신상욱 회장은 그런 생각을 하지 못하고 자신이 최고라는 생각에 빠져 있었는데, 그의 큰아들은 그렇지 않았다.

모든 것을 객관적으로 볼 수 있는 시각을 가지고 있었다.

'확실히 큰놈이 낫군!'

신상욱 회장은 그렇게 자신의 큰아들이 하는 말 하나하나를 생각하며 주변에 있는 또 다른 자신의 아들들을 돌아보았다.

사실 이 자리에는 신상욱 회장의 4남 3녀나 되는 그의 자식들이 모두 자리에 있었다.

신원민나 신영민 같은 계열사 사장의 자리에 있는 자식도 있고, 그룹 내 이사의 자리에 있는 녀석도 있었다.

하지만 그 많은 자식 중 자리에 어울리는 자식은 몇 없었다.

그리고 그중 단연 돋보이는 존재가 바로 신원민였다.

자신의 장남이기도 하고 또 가장 사랑하는 여인에게서 본 자식이라 그런지 그의 관심도 각별했다.

사실 신상욱에게는 본부인 말고도 많은 여자들이 있다.

그중에는 외부에 알려진 여인들도 있지만 그렇지 않은 여인들도 있었다.

그리고 신원민의 어머니는 신상욱이 다른 여인들과 사랑해서, 아니, 그는 사랑한다고 말하지만 신원민의 어머니는 아니었다.

신원민의 어머니는 사실 신상욱 회장의 아버지인 신영호 회장의 비서였다.

회장의 자리를 놓고 형제들과 경쟁을 하던 그는 자신의 아버지가 생각하는 것들을 보다 빠르게 알기 위해 아버지 지근에 측근을 심어야 할 필요성을 느꼈다.

이때 그의 눈에 띈 존재가 바로 신원민의 어머니인 최

영인이었다.

명문 배꽃여대 비서행정학과 출신이며, 또 미모 또한 대기업인 일신그룹 회장의 비서를 할 정도로 출중했다.

여러모로 자신의 눈에 들어오던 그녀를 아무도 모르게 내연녀로 만들었다.

비록 자신에게 본부인이 있다고 하지만 상류층에게 첩은 그리 흠이 되는 존재가 아니었다.

아니, 최영인 정도의 새원이라면 훈장괴도 같은 존재라고 하는 것이 맞았다.

그 이전에도 여자가 필요하면 당대 최고 스타들도 하루 저녁 수청을 들게 할 수 있는 정도의 힘을 가지고 있는 신상욱에게 최영인은 정말이지 그의 마음을 흔드는 최고의 여자였다.

미모면 미모, 머리면 머리 어느 것 하나 떨어지는 것 없는 최영인에 처음 아버지의 생각을 읽기 위한 도구에서, 어느 순간 그의 마음을 빼앗아 가 버렸다.

그러다 보니 최영인과 잠자리를 자주하게 되었다.

그래서 그녀에게서 난 자식이 장남이 된 것이다.

물론 본부인에게서 난 신영민은 불과 3개월뿐이 차이가 나지 않고, 또 본부인의 영향력이 그룹 내에 결코 작지 않기에 신원민이 신상욱 회장의 뒤를 이어 회장이 되기 위해서는 지금 보다 더한 공이 필요했다.

회장인 신상욱 다음으로 일신그룹에 영향력을 가진 존재가 바로 그의 본부인이기 때문이다.

신상욱이 그룹 회장이 되기 위해 그의 부인과 정략 결혼을 하였다.

그의 부인도 일신그룹에 못지않은 재벌가.

자신이 회장의 자리에 앉기 위해 처가의 도움을 받은 것이 있기에 가장 뛰어난 큰아들을 두고도 쉽게 차남을 쳐내지 못하는 것이다.

비록 자신의 자식이라고 하나, 본부인에게서 낳지만 않았어도 차남인 신영민을 계열사 사장 자리에 앉히지 않았을 것인데, 본부인 자식이라는 것과 대외적으로 보는 눈이 있어 계열사 사장 자리에 앉혔다.

그러다 보니 신영민이 맡은 일신제약은 대그룹 계열사라는 프리미엄에 비해 성장이 더뎠다.

아니, 성장은 하고 있지만 내실을 들여다보면 언제 무너질지 모르는 사상누각과 같은 기업이었다.

대그룹인 모기업 때문에 현상 유지를 하는 것이지, 그렇지 않았다면 아무리 덩치 불리기를 하는 일신그룹이라고 하지만, 진즉 일신제약을 그룹에서 분리했을 것이다.

아무튼 큰아들의 말에 기분이 좋아진 신상욱 회장은 조

금은 펴진 얼굴로 물었다.

"그럼 네 생각엔 어떤 기업과 손을 잡아야 할 것이라고 보는 것이냐?"

조금 전까지만 해도 공과 사를 구분해 계열사 사장으로 대우하던 것과 다르게 무척이나 부드러워진 목소리로 물었다.

그런 신상욱의 기분을 느낀 것인지 신원민의 표정이 풀려지는 반면 다른 자식들의 표정은 굳어져만 갔다.

그도 그럴 것이 후계자 경쟁을 하고 있는 와중 한 사람이 아버지의 마음에 조금 더 다가갔으니 아니 그렇겠는가.

이런 분위기에서 신원민은 얼른 표정을 고치고 대답을 하였다.

"필요할 것 같아, 여기 자료를 준비해 왔습니다."

신원민은 자리에서 일어나 서류철을 가져와 회의 참석자들에게 한 부씩 돌렸다.

"차세대 주력 전차 개발 계획의 획득 계획 의견서……
이게 무엇이냐?"

신상욱 회장은 신원민이 넘겨준 서류를 보며 물었다.

"예, 국방부에서 차세대 주력 전차 개발 계획이 발표하고, 뒤이어 몇몇 기업들이 그 사업에 뛰어든다는 정보를 입수해서, 제가 임의로 그 기업들과 저희 일신과 역량을 비교한 표입니다."

신원민은 자신의 아버지가 물어 오는 질문에 간단하게 답변을 하고 서류에 대하여 설명을 하기 시작했다.

"보시는 자료에 나오듯 저희 일신은 다른 기업들에 비해 기술이나 연구 인력이 부족한 상태입니다. 그래서 타 기업들과 경쟁을 하기 위해선 그러한 기술을 가진 기업들과 손을 잡고 컨소시엄(Consortium)을 기획하는 것입니다."

"컨소시엄?"

신상욱 회장은 큰아들이 컨소시엄을 구상하자는 말에 눈이 커졌다.

하기는 10조나 되는 큰 사업인데, 단일 구성으로 사업을 추진한다는 것은 일신그룹이라고 해도 무리가 가는 사업이었다.

만약 성공을 한다면 막대한 이득을 취하겠지만, 그러지 않고 이전 주력 전차인 흑표처럼 사업이 표류를 하게 된다면 그룹에 심각한 타격을 입을 수 있었다.

그러니 큰아들의 컨소시엄 구성이란 말에 눈이 번쩍 뜨인 것이다.

"좋아! 하지만 국방부나 군에서 요구하는 차세대 주력 전차의 성능을 보면 상당하던데, 우리와 컨소시엄을 함께 구상할 기업은 어떻게 선정하였나?"

신상욱은 큰아들의 구상이 신선하기는 했지만, 사업을 성공시키기 위해선 아무나 사업에 참여시킬 수는 없었다.

"예, 저도 그런 것을 고려해 일단 삼일정보를 그리고 일본의 미쓰비 중공업과 혼타 이렇게 세 개 회사를 저희 일신중공업과 함께 컨소시엄을 구성하려고 합니다."

"혼타와 미쓰비 중공업이라?"

큰아들이 일본의 대표적 그룹인 미쓰비와 혼타를 언급하자 깊이 생각에 잠겼다.

한국 기업인 삼일정보는 고개를 끄덕이며 큰아들의 생각에 맞장구를 쳐 주었지만 혼타와 미쓰비는 달랐다.

물론 큰아들이 무엇 때문에 두 일본 기업을 언급한 것인지 모르는 건 아니다.

하지만 한국의 정서상 자국의 주력 전차를 개발하는 일에 외국 기업 그것도 일본 기업이 참여하는 것을 환영하지는 않을 것이 뻔했다.

더욱이 두 기업은 일본 내에서도 우익 기업으로 알려진 기업으로 매년 많은 돈을 우익 단체에 후원을 하고 있었다.

"회장님께서 무슨 걱정을 하는 것인지 잘 알겠지만 저희는 사업을 하는 사람입니다. 최고의 기업들과 손을 잡아 최고의 물건을 만들어 내 그것을 공급하면 되는 것입니다."

물론 큰아들의 말이 무엇을 말하고자 하는 바는 잘 알고 있지만, 신상욱 회장은 선뜻 그 말에 동의할 수는 없었다.

상인이 최고의 물건을 판다는 것은 아주 당연한 말이다.

하지만 물건을 사는 사람의 생각도 함께 충족을 해 줘야 최고의 상인이다.

그런데 큰아들은 그것이 조금 부족했다.

일신그룹이 친일본 성향을 띄는 기업으로 알려져 뭇매를 맞는 경우도 있지만 이렇게 대놓고 드러낼 필요는 없었다.

특히나 한국에서는 이런 식으로 사업을 했다가는 결코 좋은 결과를 낼 수 없었다.

막말로 경쟁 업체에서 여론 몰이를 한다면 당할 수밖에 없었다.

물론 그것을 막아 낼 역량을 가지고 있기는 하지만, 긁어 부스럼을 만들 필요는 없는 일이다.

"아버지!"

그동안 조용히 있던 차남 신영민이 신상욱을 불렀다.

자신의 아버지가 형의 말에 관심을 보이자 배가 아파진

그는 어떻게든 형의 계획에 흠집을 내야 할 필요성을 느낀 것이다.

"여긴 회사다."

하지만 들려온 것은 핀잔뿐이다. 너무 다급해 이곳이 회사 그것도 임원 회의라는 것을 잊은 그의 잘못이다.

그렇지만 그대로 있을 수만은 없었다.

"죄송합니다, 회장님. 하지만 방금 전 신원민 사장의 말에 큰 결점이 있습니다."

신영민은 고개를 숙여 자신의 실수를 반성하며 말을 이었다.

"무슨 이유에서 그러는지 잘 알겠지만 미쓰비와 혼타를 컨소시엄에 포함시킨다면 한국의 정서상 그 구상은 무조건 실패를 합니다."

신상욱 회장은 평소 미덥지 못한 차남의 말이지만, 자신이 생각하던 것을 꺼내자 놀란 눈으로 차남을 보았다.

그동안 욕심만 많았지 사업가라는 생각이 들지 않는 차남이었는데, 이런 식견을 가지고 있었는지 몰라 놀란 것이다.

"그렇다면 넌 대안이 있는 것이냐?"

아들에게는 공과 사를 구분하라 말을 했으면서 그는 너무 놀라 평소대로 말을 하였다.

하지만 이 자리에 있는 어느 누구도 그런 신상욱의 말에 토를 달지는 않았다.

"예, 대안이라 하기에는 그렇지만 이렇게 하면 어떻겠습니까?"

신영민은 신원민이 낸 안건을 살짝 수정해 대답을 하였다.

그는 미쓰비와 혼타가 일본 내에서 우익 기업으로 유명하니 그들과 직접 손을 잡아 컨소시엄을 형성하기보다는 두 기업과 자신들이 출자를 하여 새로운 기업을 만들어 이번 국방부가 발표한 사업에 입찰을 하자는 것이다.

정말이지 눈 가리고 아웅 하는 소리였지만 신상욱 회장이 생각하기에 너무도 타당해 보였다.

그리고 그런 생각은 처음 안건을 꺼낸 신원민도 자신이 어떤 것을 놓쳤는지 그제야 생각이 났다.

일신 그룹은 이렇게 자신들의 역량이 부족함을 알면서도 천하그룹에서 국방부가 발표한 차세대 주력 전차 개발에 그룹의 사활을 걸고 참여를 한다는 정보를 듣자마자 이들도 컨소시엄을 구상해 참여할 준비를 하고 있었다.

8.
국방부의 발표

늦가을 대한민국 국방부에 큰 뉴스가 있다는 소식에 많은 내외신 기자들이 국방부에 몰려들었다.

기자들은 이미 국방부에서 어떤 내용의 발표가 있을 것인지 알고 있었지만 그것이 사실인지 확인하기 위해 모인 것이다.

"국방부 장관님께서 입장하십니다."

군복을 입은 홍보관이 나와 회견장에 소리쳤다.

홍보관의 말에 웅성거리며 소란스럽던 회견장 안이 순식간에 조용해졌다.

회견장 안으로 들어서던 국방부 장관은 잠시 조용한 회

견장 안의 분위기를 살펴보았다.

안으로 들어서는 자신을 보면 눈을 반짝이는 기자들의 모습에 장관은 자신의 옷매무새를 다시 살피고 힘차게 단상 앞으로 걸어갔다.

"안녕하십니까? 국방부 장관인 김명한입니다."

찰칵찰칵!

국방부 장관이 단상에 서서 자신의 이름을 말하자 준비하고 있던 카메라 기자들이 일제히 카메라 셔터를 눌렀다.

번쩍번쩍!

카메라 셔터 누르는 소리와 불빛으로 한동안 장내가 셔터 누르는 소리와 불빛으로 가득하였다.

그러다 어느 정도 시간이 흘러 다시 조용해지자 김명한 장관이 이야기를 시작했다.

"여러 분들도 알고 계시다시피 대한민국은 분단국가이자, 전쟁이 완전히 종식된 나라가 아닌 휴전을 하고 있는 나라입니다."

이야기를 시작하는 국방부 장관은 바로 오늘의 주제를 말하기보다 현 대한민국의 상황을 이야기 하였다.

"2000년 남북 정상회담을 하며 평화스러운 시절도 있었습니다. 하지만 많은 원조를 받으면서도 북한 정권은 바뀌지 않았습니다. 필요할 때만 우리에게 손을 내밀고 비료며 식량이며 원조를 바랐습니다. 그런데 북한은 어떻게 했습니까? 그들은 그때뿐이었습니다. 뒤로는 원조한 식량을 군량미로 비축을 하고, 또 북한 주민들이 기아에 허덕일 때 북한 정권은 정권 유지를 위해 선군정치를 하며 대량 살상 무기를 연구하였습니다. 그 결과물로 엄청난 양의 생화학 무기는 물론이고 남북이 합의한 한반도 내 비핵화 선언도 파기를 하였습니다."

연설을 하던 중 목이 마른 것인지 아니면 잠시 쉬어 가려는 것인지 김명한 장관은 단상 한쪽에 마련되어 있는 컵을 들어 물을 한 잔 마셨다.

꿀꺽.

실제로 그런 소리가 들렸는지는 모르겠지만 지금 이 회견장 안에 모여 있던 기자들의 귓가에는 김명한 장관이 마시를 물이 넘어가는 소리가 들리는 듯하였다.

"북한은 휴전선 인근에 1만 3천 대의 장사정포와 방사포, 그리고 700여 기의 탄도 미사일을 배치해 두고 있습니다. 이런 것을 보아 북한은 말로는 한민족이니 남한과 북한이 통일을 해야 한다고 떠들지만 그들의 속마음은 민주적 평화적 통일이 아닌, 자신들의 무력으로 남한을 남침하여 점령 흡수 통일을 꿈꾸고 있는 것으로밖에는 생각되지 않습니다. 북한은……."

김명한 장관은 이야기를 하면서도 꾸준히 북한이 그동안 한국과 한반도 내 평화 분위기를 조성하면서도 뒤로는 전쟁 준비를 철저히 했다는 것을 강조하였다.

그 예로써 어려운 경제 사정에도 불구하고 막대한 차관을 들여 러시아에서 신형 전투기를 도입한 것과 신형 전차를 개발한 것을 들었다.

비록 북한이 도입한 전투기가 대한민국이 보유한 공군 주력 전투기의 성능에 한참 모자라지만 그 숫자가 배는 많았다.

그뿐만 아니라 북한이 개발한 신형 전차는 대한민국 육군에 무척이나 위협적인 존재였다.

물론 북한이 개발한 신형 전차와 대한민국이 보유한 전차의 성능 비교를 한다면 대한민국이 더 우수하였다.

하지만 이것은 종합적인 성능에서 더 우수한 것이지 화력 하나만 놓고 본다면 또 그렇지 못했다.

왜냐하면 북한은 전차 성능을 평가하는 공격력과 방어력, 기동력 중 공격력에 더 중점을 두고 개발을 하였기 때문이다.

우수한 한국의 전차 화력을 막아 낼 장갑(裝甲) 개발할 수 있는 능력이 없는 북한은 차라리 화력만이라도 동등하게 만들어 적에게도 타격을 줄 수 있는 수준으로 전차의 화력을 끌어올렸다.

공산진영의 전차포는 자유 진영 즉, 미국이나 독일을 필두로 한 진영의 전차포 보다 화포 성능이 떨어졌다.

그렇기 때문에 이들은 자유진영의 화포보다 구경이 더 크게 개발을 하였다.

그래서 러시아나 중국, 북한 같은 나라의 화포는 미국이나 독일, 한국의 화포보다 구경이 5밀리 정도 컸다.

세계의 주력 전차들의 주포 구경이 120밀리인 것과 다르게 러시아의 T계열 전차들의 화포 구경은 125밀리였다.

그렇지만 구경이 작은 한국이나 미국의 전차 주포가 화력면에서 더 월등했다.

북한은 이러한 사실을 잘 알기에 전차의 주포를 개발하려 하였지만, 그러한 기술이 없어 다른 쪽으로 화력을 업그레이드 하였다.

그래서 나온 것이 바로 전차 주포를 이용한 대전차 미사일이었다.

이것은 무척이나 위협적인 것으로 전차에서 발사하는 미사일을 쉽게 볼 수만은 없었다.

아니, 어떤 면에서는 북한이나 러시아의 이런 전차들이 더욱 위협적으로 다가온다.

전차를 잡는 방법은 동등한 전차 전력으로 잡거나 아니

면, 헬리콥터로 공중에서 로켓을 발사해 잡는 방법이 있다.

하지만 T계열의 전차는 주포에서 쏠 수 있는 미사일이 있기에 전차에 가장 위협이 되는 헬리콥터에 대응을 할 수 있었다.

한국군은 북한에 비해 전차 전력이 부족하다.

성능이 떨어지는 것이 아니라 수량에서 북한에 한참 부족했다.

아무리 성능이 떨어진다고 해도 숫자에서 배 이상 밀린다면 쉽게 생각할 수 없는 문제다.

그렇기 때문에 한국은 이런 부족한 전차 전력을 지원하기 위해 육군 항공대가 있었다.

이 육군 항공대에는 많은 숫자의 공격 헬기들이 배속되어 있는데, 북한의 전차는 이러한 공격 헬기에 대응을 할 수 있다는 소리였다.

그러니 대한민국은 이러한 문제도 해결을 해야만 하였다.

아니, 대한민국 육군이 보유한 전차들이 적 항공기에 대한 대응을 할 수 있는 성능을 갖춰야 한다.

이것을 하드킬이라 하는데, 전차의 생존을 위해선 무척이나 중요한 4세대 전차에는 필수적인 요소이다.

K—2흑표가 원래 이 하드킬 장치를 탑재하려 하였지만 기술상 문제로 탑재하지 못했다.

이 때문에 흑표는 4세대 전차에 들어가지 못했다. 3세대 전차에 비해선 월등한 성능 향상을 하였지만, 4세대 전차에는 미치지 못해 3.5세대라 불린다.

아무튼 그 때문에 육군은 흑표가 배치가 된 지 몇 년 되지 않았지만 필요에 의해 흑표 보다 더 성능이 뛰어난 4세대 전차를 요구하기에 이르렀다.

대한민국은 이미 오래전 노령화 사회로 들어섰다.

출생률에 비해 사망률이 높아졌다는 소리다.

그리고 출생률이 줄었다는 말은 의무복무를 할 사내아이의 출생률도 줄었다는 말과 같았다.

그러다 보니 해가 갈수록 군대에 갈 자원은 줄어들고 일부에서는 기존 남자만 가던 군대를 여자도 의무복무를 해야 하는 것 아니냐는 목소리가 나오는 때이기에 더욱 그러했다.

이렇게 되자 여성계에서 난리가 났다.

그동안 여자들은 군대에 가지 않아도 되었는데, 이젠 그렇지 못했기 때문이다.

군대는 남자가 의무적으로 가야만 하는 곳이었지만 시대가 바뀌니 그렇지 못했다.

그동안 여성가족부에서는 많은 여성의 사회적 지휘 향상이라는 목표로 많은 정책들을 펴 왔다.

그런데 막상 여자도 군대에 가야 하지 않겠느냐는 목소리가 나오지 난리가 났다.

어떻게든 그런 사태를 막기 위해 여론을 조장하고 주장을 하지만 세계의 많은 나라에서 여군들이 활약을 하고 있었다.

미국은 물론이고 독일, 이스라엘 등 많은 나라들이 여자도 남자들과 똑같이 군복무를 하고 있었다.

그랬기에 여성가족부의 주장은 얼토당토않은 억지일 뿐이었고, 그 때문에 국민들의 공감을 가질 수 없었다.

물론 그런 공감을 얻지 못한 데에는 그동안 여성가족부가 발의했던 어처구니없는 정책들이 한몫을 하기도 했다.

여성의 성기를 연상시킨다고 학교 급식에 보리를 사용하지 말아 달라는 법안이나, 모 자동차 회사에서 생산한 자동차 헤드라이트의 모양이 남자의 성기 모양하고 비슷하다며 생산을 하지 못하게 하라는 등의 어처구니없는 정책만 내났다.

그뿐만이 아니라 혹서기 전력난이 심할 때, 전 국민이 단합하여 에너지 절약을 실천하고 있을 때, 그들은 몇 명 있지도 않은 부처에 에어컨을 틀어 국민 정서에 역행을 하였다.

이처럼 욕을 먹고 있는 정부 부처였으니 누가 공감을

하겠는가.

이러한 때 그들이 내놓은 대책이라고는 어떻게든 이반된 국민들의 지지를 얻기 위해 그동안 막아 왔던 군 전력화 사업에 지지를 표하는 것뿐이었다.

이렇게 해서 예전 같으면 국방 예산을 삭감해 자신들의 예산으로 돌리려고 했을 여성가족부가 두 손을 들자, 국방부에서 그동안 부족하다 생각하던 전력 향상을 위해 이참에 차세대 주력 전차의 개발을 발표한 것이다.

그런데 특이한 점은 예전 같으면 우선 대상 업체를 선정하고 국방 과학 연구소(ADD)와 협력해 개발을 했을 것이지만, 이례적으로 육군이 요구하는 성능을 갖출 수 있는지 선정하기 위해 여러 업체에 의사를 타전하였다.

그러면서 사업에 참여할 업체에 그것을 실현할 수 있는 기술이 있는지 증명하기 위해 실험용 기체를 가져오라는 내용의 공문을 보냈다.

그리고 국방부는 발표하기 전 관련 방위산업체에 이런 의향서를 전달하였다.

그래서 천하그룹의 정대한 회장이 국방부 장관 명의의 의향서를 받고, 그룹의 총력을 기울여 실추된 천하그룹의 이름을 다시 세우기 위해 수한에게까지 도움을 청한 것이다.

김명한 국방장관은 육군이 요구하는 차세대 주력 전차

의 능력에 관해 말을 하였다.

"육군은 현 주력 전차인 K—2흑표 보다 30% 정도 향상된 전차를 요구하고 있으며, 흑표가 이루지 못한 하드킬 기능을 갖춰야 할 것이라 요구하였습니다. 이는 저희도 군과 같은 생각입니다. 그리고……."

발표문을 읽던 김명한 국방장관은 육군이 요구하는 차기 주력 전차에 대한 이야기를 끝낸 뒤 잠시 뜸을 들였다.

기자들은 오늘 발표할 내용에 대해 어느 정도 정보를 듣고 왔기에 국방장관이 모든 이야기를 끝냈음에도 눈을 반짝였다.

지금까지는 이미 알려진 내용이었기에 기자들을 긴장시키지 못했다.

하지만 지금 김명한 장관은 자신들이 모르는 새로운 내용을 발표할 생각인 것이다.

이를 눈치챈 기자들의 눈빛이 바뀌고 손이 빨라졌다.

조금 전까지만 해도 김명한 장관의 발표를 들으며 선행적으로 준비했던 기사 내용과 비교해 수정을 하면서 기사를 쓰고 있었는데, 지금부터는 그렇게 느긋하게 할 수가 없었다.

그래서 키보드에 있던 시선을 떼 김명한 장관의 입을 주시하기 시작했다.

"이미 여기 있는 기자분들은 알고 있겠지만 공군의 업그레이드를 위한 사업이 2년여가 되어 가고 있습니다."

기자들은 김명한 장관이 육군 차기주력 전차 개발에 관한 발표를 하다 말고 느닷없이 공군의 이야기를 하자 눈만 깜박였다.

장관이 하려는 말이 무언지 도저히 갈피를 잡을 수가 없었기 때문이다.

자신의 발표에 놀란 눈으로 쳐다보는 기자들의 모습에 김명한 장관은 뭐가 그리 기분이 좋은지 입가에 미소가 만연했다.

"공군의 업그레이드 사업에 이어 육군의 전력 향상을 위한 차세대 주력 전차의 개발을 발표하였고, 또 공군과 육군에 이어 해군도 전력을 향상시키며 동북아의 균형을 맞추기 위해 해군에도 신형 군함을 건조할 것입니다."

국방장관의 해군에도 조만간 신형군함을 건조하겠다는 발표에 기자들은 깜짝 놀랐다.

너무 놀란 나머지 결례임을 알면서도 기자들 중 한 명이 김명한 장관의 말을 끊으며 질문을 하였다.

"장관님! 그 말씀이 사실입니까? 사실이라면 군에 그만한 예산이 있는 것입니까?"

아직 발표가 끝나지 않았음에도 너무도 궁금한 나머지

어쩔 수 없었다.

이 때문에 출입증을 뺏겨도 질문을 한 기자는 꼭 알아야 했다.

"물론 예산이 다 확보가 된 것은 아닙니다. 하지만 국회에 이미 동의를 받은 상태이기에 조만간 예산이 확보될 것이라 생각합니다."

김명한 장관은 이미 사전에 여당과 야당 대표들과 사전에 협의가 된 내용에 대하여 간략하게 설명을 하였다.

"날로 심해지는 북한의 도발을 대비하기 위해 여당과 야당 대표가 모여 협의를 했습니다. 내년 예산안을 논의할 때 국방 예산을 예년보다 40% 향상하였습니다."

김명한 장관의 말에 기자들은 깜짝 놀랐다.

그동안 대한민국 국회는 정부 예산 집행에 많은 걸림돌이 되었다.

정당지원금은 늘리려 하면서도 정부예산안은 어떻게든 삭감하려고 노력을 하였다.

그런데 10%, 20%도 아니고 무려 40%의 예산을 증액한다는 말에 놀란 것이다.

대한민국 국방 예산은 1년에 45조 정도.

그중 신무기 개발이나 신형 무기 도입에 들어가는 예산은 그리 많지 못했다.

더욱이 신무기 개발과 도입에는 주변국의 눈치도 봐야 했기에 더욱 그랬는데, 무슨 이유에서인지 이번에 그런 전례를 무시하고 예산을 무려 40%나 증액하기로 했다는 말에 기자들이 놀란 것이다.

이는 국내 기자들뿐 아니라 외신들도 마찬가지였다.

사실 육군의 차세대 주력 전차 개발에 들어가는 예산 10조도 엄청난 것이다.

물론 그 10조가 무도 개발에 들어가는 것은 아니다.

개발비는 그중 2—3조 정도일 것이지만, 나머지 7조에서 8조로 개발한 전차를 생산한다면 엄청난 규모였다.

특히나 다른 선진국들도 아직까지 4세대 전차의 배치를 완료한 나라는 없었다.

그들도 아직 개발하는 중이거나 도입 중이다.

"총리, 조선의 움직임이 심상치 않다."

비와호가 내려다보이는 히코네 성 그 깊은 곳에 위치한 방 한곳에 여러 명의 사람들이 모여 있었다.

그중 일본 전통 예복인 하카마를 입고 있는 고령의 노인이 현 일본 총리인 아베 미노루를 보며 말을 하였다.

노인의 말에 일본 총리를 마치 주인의 말을 듣고 있는 하인마냥 고개를 숙이며 대답을 하였다.

"그렇습니다, 회주님!"

일본 총리라면 일왕 다음으로 높은 지위에 있는, 일본을 대표하는 인물이다.

그런데 눈앞에 있는 노인은 절대로 일왕이 아닌데도 아베 총리는 고개를 들지 못하고 질문에 답을 할 뿐이다.

"우리 대일본제국이 80년 전 대동아공영권을 꿈꾸며 일으켰던 전쟁에서 연합군에 패하였지만, 선배들의 피를 토하는 노력으로 다시 예전의 영광을 찾을 수 있었다. 그리고 전쟁에서는 비록 패배했을망정 경제는 이미 우리를 패전으로 몰았던 연합국을 넘어서게 되었다. 강대국 미국도, 그리고 러시아도 우리 대일본제국의 돈이 아니면 돌아가지 않게 되었다."

짝짝짝짝!

노인은 격정적으로 말을 하였고, 방 안에 있던 사내들은 그의 말이 최고조에 이르렀을 때 박수를 치기 시작하였다.

그런 주변 사람들의 박수에도 노인은 창밖으로 보이는 비와호수를 보며 소리치기 시작했다.

"더러운 미국 놈들의 압제에도 이를 악물며 참고 지금의 위치에 올랐다. 그런데 감히 이등 국민인 조센징들이 주제도 모르고 기어오르려 하고 있다. 미노루!"

"하이!"

"어떻게 할 것인가?"

노인은 말을 하다 말고 아베 총리를 보며 물었다.

그런데 조선이 망하고 대한제국이 들어서고, 또 그 뒤 일제 강점기를 지나 대한민국이 수립이 되었다.

하지만 노인은 그런 대한민국이란 명칭 보단 오래전 망한 조선이란 이름을 사용하며 또 한국인을 조선인이라 부르고 있었다.

한국인들이 들으면 무척이나 오류가 심한 말이었지만, 이 자리에 있는 어느 누구도 노인의 말을 정정해 주지 않았다.

아니, 이들도 한국이나 한국인들을 조선과 조선인, 이들 말로 조센징이라 부르고 있었다.

이로 보아 이들은 아직도 군국주의가 판치던 근대의 일본 제국 시대에서 벗어나지 못한 것 같았다.

아니, 조금 전 노인이 말을 하면서 일본 제국이라고 떠드는 것을 보면 확실했다.

"미개한 놈들이 누구 덕에 지금의 행복을 누리는 것인지 모르는 것들을 이대로 방치할 수가 없다."

"그렇습니다, 대부님!"

노인의 말에 그의 옆자리에 앉아 있던 50대 중반의 사내가 대답을 하였다.

자리에 있는 다른 일본인들 보다 덩치가 큰 그는, 총리에게 회주이라 불리는 노인이 풍기는 카리스마에는 조금 미치지 못하지만, 그래도 엄청난 기운을 풍기고 있었다.

마주하는 사람의 숨이 탁 막을 것 같은 기도를 가지고 있는 그는 일본 전통으로 내려오는 고무술(古武術)을 익힌 고수이기도 했다.

사실 이 자리에 있는 이들은 일본의 정계는 물론이고, 재계까지 막후에서 조종하는 집단인 흑룡회(黑龍會)의 회주와 간부들이었다.

흑룡회는 1901년 처음 등장을 하였다.

이들은 겉으로는 낭인들의 모임이었지만 사실 겐요사(玄洋社)의 해외 담당 그룹으로 활동을 하였다.

하지만 시간이 흐르면서 겐요사의 요인들이 2차 대전 일본이 패망한 후 전범 재판에 끌려가며 역사의 뒤편으로 사라진 것과 다르게 이들은 끝까지 살아남았다.

아니, 정통 사무라이가 아닌 낭인들로 구성이 되어서 그런지 패망 후에도 끝까지 살아남아 정계와 재계 그리고 암흑가로 흘러 들어가 세력을 형성하였다.

그리하여 모체였던 겐요사가 있던 자리를 흑룡회가 차지하게 되었다.

특히나 암흑가로 흘러 들어간 이들은 일본의 깡패 집단인 야쿠자들을 규합하고, 그들을 뒤에서 조종하면서 정계와 재계에까지 영향력을 행사하기에 이르렀다.

이렇게 암흑가를 기반으로 일본의 정치와 금력을 아우르게 된 흑룡회는 그에 그치지 않고 겐요사가 꿈꾸던 일본 지상주의를 이루기 위해 예전 그들이 했던 일을 다시 하기에 이르렀다.

일본이 일어서기 위해선 한반도가 꼭 필요했다.

예전에도 그랬고, 또 앞으로도 일본의 발전에 밑거름이 되어야 한다는 주장을 하며 조선 정벌을 부르짖었다.

조선이 대한민국으로 국명이 바뀌었음에도 이들에게는 그래서 아직도 대한민국이 아닌 조선인 것이다.

일제강점기에 한국이 다시 일어서지 못하게 갖가지 해악을 한국에 퍼뜨린 것도 바로 이들이었다.

그리고 해방 후에도 한반도에 영향력을 행사하고, 미래에 다시 한 번 한반도를 식민지화하기 위해 일본에 충성하는 민족 변절자들을 이용해 한국에 기반을 마련하였다.

"어떤 대책이 있나?"

"하이! 그렇지 않아도 이번 조선의 장관이 국방력 강화를 위해 주력 전차를 개발한다고 발표를 하였습니다. 그런데 그 사업에 참여하는 기업 중 저희 일본에 충성을 하는 이가 있어 국내 기업과 컨소시엄을 만들어 참여하기로 하였습니다."

아베 총리는 흑룡회 회주의 질문에 얼마 전 일신그룹의 회장인 신상욱이 혼타와 미쓰비 중공업에 제안한 사업 구상을 회장에서 설명을 하였다.

"대부님, 일신의 신상욱이 혼타와 미쓰비에 도움을 청했습니다."

"신상욱?"

"예, 그 있지 않습니까? 10년 전 그의 아비인 신영호가 죽어 회장직을 계승하겠다고 대부님을 찾아와 인사를 왔던 조센징 말입니다."

사카모토 료헤이는 아베 총리가 말하는 이가 누구인지 흑룡회주에게 설명을 하였다.

그런 료헤이의 설명을 듣고 누군지 생각이 난 것인지 눈을 반짝인 흑룡회주가 물었다.

"그자의 믿을 수 있는가?"

흑룡회주는 일신그룹 회장인 신상욱을 믿을 수 있는 사람인지 물었다.

그러자 료헤이가 대답을 하였다.

"이등 민족인 조센징을 어떻게 믿을 수 있겠습니까? 다만 지금까지 그자와 그의 가족들이 본국에 해를 끼치지 않고 또 조선이 발전하는 것에 걸림돌이 되고 있는 것만 해도 저희의 일을 돕는 것이니 지원을 할 뿐입니다."

"맞아! 조센징은 믿을 수 없는 족속들이지. 하지만 그중에서도 먹이만 주면 누구라도 상관없이 꼬리를 흔드는 개 같은 놈들이 있으니 잘만 이용하면 우리의 사냥개로 사용할 수 있을 것이야."

흑룡회주는 일제강점기 때 일본의 앞잡이 역할을 했던 민족변절자들을 생각하면 그렇게 말을 하였다.

"맞습니다. 그자도 자신의 이득을 위해서라면 제 나라까지 팔아먹을 종자입니다, 그러니 그의 요구대로 혼타와 미쓰비에 언질을 줘 컨소시엄을 형성하게 만들어 그 과실을 저희가 가져오면 되지 않겠습니까?"

료헤이는 덩치는 육체만 쓰는 위인처럼 보였지만 사실 알고 보면 두뇌를 쓸 줄 아는 두뇌파였다.

그랬기에 일본을 막후에 조종하는 흑룡회 회주의 눈에 들어 양자가 되지 않았겠는가?

"좋아! 그건 그렇게 하고, 그 일은 어떻게 되었나?"

흑룡회주는 한국의 일에 관해서 일단 일신그룹의 신상욱 회장이 제안한 대로 들어주도록 지시를 내렸다.

그러면서 어떤 일에 관해 물었다.

그러자 회주의 앞자리에 앉아 있던 총리는 조금 전과

다르게 이마에 땀을 흘리며 머뭇거렸다.

"왜 말이 없나!"

자신의 질문에 아베 총리가 대답을 하지 못하자 호통을
질렀다.

"그, 그것이 아직 기술이 부족해……."

총리는 자신을 보며 호통을 치는 흑룡회주의 모습에 전
전긍긍하며 말끝을 흐렸다.

그도 그럴 것이 자신이 비록 총리라고 하지만 흑룡회주
가 지시한 것은 총리라는 직책이 해결할 수 있는 일이 아
니었다.

자신이 비록 일본의 총리이고 많은 권력을 가지고 있지
만 미국과의 협정문을 임의로 고칠 수는 없었다.

아무리 일본이 미국의 국채를 많이 가지고 있다고 하지
만 이것을 가지고 예전처럼 미국을 압박할 수가 없었다.

예전에는 미국의 대안이 일본뿐이었지만 이제는 아니었
다.

미국을 위협하던 소련이 해체가 되고 또 중국이 급성장
을 해 위협을 한다고 해도, 미국의 아킬레스건이었던 대외
무역 적자의 폭이 상당히 좁혀졌기 때문이다.

아니, 소폭이기는 하지만 흑자도 내고 있었다.

더욱이 일본은 이전 정권에서 큰 실수를 저질렀다.

자신과 같은 성을 가진 총리가 재임 시절 밀어닥친 재해로 인해 발전소 하나가 폭발을 하고 말았다.

　이를 잘 대처를 했으면 상관이 없었지만 당시 그자는 실수를 저질렀다.

　고장 난 원자로의 온도를 낮추기 위해 사용한 냉각수를 아무런 안전 조치 없이 무단으로 바다에 방류한 것이다.

　그렇게 방류한 이유가 거대한 바다가 그 정도의 오염 정도는 충분히 자연 정화가 가능하다고 생각했기 때문이다.

　세계의 많은 과학자들이 반대를 하는 중에도 일본의 과학자들은 충분히 가능하다는 보고를 하였기 때문에 감행한 것이다.

　하지만 그건 명백한 실책이었다.

　방사능은 인간이 생각하는 것 이상으로 위험한 것이었다.

　전혀 정화되지 않은 오염수가 해류를 타고 바다를 오염시켰기 때문이다.

　자연의 보고였던 바다는 오염이 되었고, 갖가지 방사능에 오염된 기형 생물들이 바다에서 잡혔다.

　그 후로 일본의 국제적 발언권은 급락하였다.

　일본은 2차 대전에서 패전을 하여 UN에 상임이사국에 들지는 못했지만, 경제력을 바탕으로 상임이사국 못지않은 발언권을 행사하였다.

그런데 한 번의 실수로 모든 것이 수포로 돌아갔다.

더욱이 소련과 중국의 팽창을 막기 위해 손을 잡았던 미국이 자신들뿐 아니라 한국과 대만에도 힘을 실어 주면서 동북아시아에서 일본의 위상이 흔들리게 되었다.

이 모든 것이 이전 총리의 실책 때문이란 생각이 들자 너무도 억울했다.

하지만 이 자리에서 그러한 말을 꺼냈다가는 본전도 찾지 못함을 잘 알고 있는 그는 그저 잘못했다고 선처를 바랄 수밖에 없었다.

지금 흑룡회자가 원하는 것은 미국과 맺은 불평등한 협정문의 수정이었다.

그동안 많은 노력을 하여 만은 협정문이 평등하게 수정이 되었지만 단 한 구절이 수정되지 않았다.

그것은 일본이 원한다고 해결이 되는 것이 아니었다.

2차 대전 패전을 하고 맺은 협정문은 많은 기회가 있었지만, 그때마다 중국과 한국 그리고 동남아시아에 산재한 많은 나라들이 들고 일어나 수정을 하지 못했다.

아시아의 많은 나라들이 2차 대전 때 일본군에 의해 많은 피해를 입었다.

이 때문에 각국의 강력한 요구로 일본은 타국을 공격할 무기를 가지면 안 된다는 문구가 삽입된 항복 문서에 사인을 해야만 했다.

그래서 당시 항복을 하면서 포기했던 군대까지 복구를 했으면서도 그것만은 수정되지 못했다.

솔직히 일본의 군사력은 세계 10위권 안에 위치해 있다.

그것은 일본만 인정하는 것이 아니라 다른 나라도 그러한 일본의 군사력을 인정하고 있었다.

해군과 공군만 따진다면 아시아 국가에서 일본과 비교할 수 있는 나라는 중국밖에 없다.

세계 군사력 2위의 중국만이 일본과 견줄 수 있는 것이다.

그런데 여기에 적국을 직접 타격할 수 있는 미사일을 갖추게 된다면 2차 대전 잔인한 일본군의 군화에 밟혔던 전철을 다시 밟을지 모른다. 그런 아시아 국가들의 노력에 그것만은 아직도 해결되지 않았다.

이러한 것을 총리가 해결하지 못 한다고 본 흑룡회주는 차가운 눈으로 아베 총리를 노려보는 것이다.

하지만 그가 해결할 수 있는 것이 있고 그렇지 못한 것이 있는 것이다.

일본이 과거의 잘못을 반성하고 주변국과 화합과 협력을 추구했다면 진즉 그러한 문제는 해결이 되었겠지만, 일본 정부는 그렇지 못했다.

전범들을 사당에 기리고, 2차 대전 당시의 일본군 군복을 꺼내 입어 당시 일본군의 정신을 이어받자고 다짐을 하고 있는데, 어느 누가 일본을 정상적인 시각으로 받아들이겠는가.

이러한 사실을 인지하지 못한다면 일본은 인류가 멸망할 때까지 주변국과 관계를 개선하지 못할 것이다.

서울 시스템의 최신규 사장은 무척이나 긴장이 되었다.

웬만한 일에는 긴장을 하지 않는 그였지만 오늘만큼은 그도 긴장을 하지 않을 수가 없었다.

사실 그가 지금까지 사업을 하는 동안 많은 사람을 만나 보았다.

그중에는 군의 중요 관계자도 있고 또 장관도 있었다.

하지만 오늘 만나는 사람은 앞으로 그의 사업에 무척이나 중요한 사람이 될 것이 분명했기에 긴장을 하지 않을 수가 없었다.

처음 천하그룹에서 연락을 왔을 때는 솔직히 믿을 수가 없었다.

비록 자신도 방위산업체에 등록된 업체이긴 하지만 천

하그룹 하고는, 아니, 천하그룹의 계열사인 천하디펜스 하고 비교를 해도 엄청난 차이가 나는 회사다.

그런데 그런 천하그룹에서 국방부에서 발표한 대규모 사업을 함께하자는 제의를 하였을 때 장난전화가 아닌가, 의심을 하였다.

천하디펜스는 누구나 아는 대한민국 최고의 방위산업체다.

육해공 어느 분야 빠지지 않고 관여하는 그런, 방위산업체 분야에서는 독보적인 곳인데 그곳에서 연락이 온 것이니 최신규로서는 신경이 쓰였다.

"어서 오십시오."

이미 상당한 이야기가 진행이 되었고, 계약만 남아 있는 상태이기에 오늘 계약을 위해서 천하그룹 산하 로열 호텔에서 컨벤션센터에서 먼저 도착해 있던 최신규는 안으로 들어오는 천하디펜스의 회장인 정명환을 맞았다.

정명환 회장은 컨벤션센터 안으로 들어서다 자신 보다 먼저 도착해 인사를 하는 최신규 사장을 보며 인사를 하였다.

"반갑습니다."

사전에 계약에 대한 협의는 모두 끝났기에 계약만을 남겨 두고 있기에 계약은 일사천리로 진행이 되었다.

계약이 마무리되자 정명환은 최신규 사장을 보며 말을

하였다.

"연구팀에 꼭 정수한 연구원을 책임자로 구성해 주시기 바랍니다."

"예? 아니, 저희 연구소의 연구원을 어떻게 아시는지?"

최신규는 천하 디펜스의 회장이 일개 연구원을 알고 있다는 것에 깜짝 놀랐다.

더욱이 수한은 비록 자신이 운영하는 회사의 연구원으로 있기는 하지만 수한은 아주 특별한 존재였다.

어린 나이에 관련 박사 학위를 다섯 개나 가지고 있는 천재란 것을 떠나 비밀 단체인 지킴이의 차기 수장으로 내정된 존재이다.

그런데 그런 수한을 일면식도 없는 정명환이 알고 있다고 생각되자 긴장을 한 것이다.

지킴이들에게 수한은 단순한 차기 수장이 아니라 그들의 정신적 스승인 혜원이 천기를 읽고 받아들인 존재였다.

물론 지킴이 회원 전부 그런 혜원의 주장을 믿고 있는 것은 아니다.

하지만 그동안 수한이 보여 준 능력을 보며 혜원의 말이 결코 허언만은 아니란 생각을 가지게 만들었다.

더욱이 20살이란 나이로 미국에 넘어가 다섯 개의 박사 학위를 취득했다는 것은 그동안 자신을 희생하면 끝까지 나라와 민족을 위해 노력하던 지킴이들에게 그동안 희생하던 것을 자신의 후대에 물려주지 않아도 된다는 생각을 가지게 만들었다.

솔직히 말이 좋아 나라와 민족을 위한 희생이지, 그것은 그들 본인은 물론, 가족들도 엄청난 고통이었다.

더욱이 지킴이 본인들은 가족에게도 자신들의 정체를 알리지 못하는 회칙 때문에 아픔을 겪은 이들이 참으로 많았다.

때로는 부정을 했다는 오해를 받기도 하고, 또 어떤 이들은 간첩이 아닌가, 하는 의심을 가족이나 주변 친인들에게 받기도 하였다.

그럴 때마다 지킴이들은 묵묵히 그런 의심을 감내했다.

그렇다고 그게 참고 흘려버릴 수 있는 가벼운 일은 아니다.

그렇기 때문에 지킴이들은 자신들의 일을 소명이라 생각하며 일하고 있으나, 그렇다고 자신들의 고통을 자신들의 자식에게 그리고 손자에게까지 이어지길 원하는 것도 아니다.

될 수 있으면 자신의 대에 조상들이 그렇게 기다렸던 미륵이 도래하길 기원했다.

그런데 자신들이 기다렸던 미륵으로 예상되는 수한이

나타났을 때 얼마나 기뻐했던가.

그래서 처음 회주인 혜원이 미륵의 탄생을 지킴이에 알렸을 때는 오히려 의심을 했었다.

혜원이 나이가 들어 노망이 든 것은 아닌가, 하는 의심 말이다.

그렇지만 혜원이 미륵이자 전륜성황이라 내세운 존재가 이제 돌도 되지 않은 아기란 것을 알았을 때는 조금 허탈한 심정마저 들었다.

하지만 그것도 잠시 그 아기의 정체를 알고는 모두 숨을 죽이며 혜원의 뜻을 따랐다.

아기를 키우기 위한 지원을 하고, 공부를 시키기 위해 유학도 보냈다.

이런 지킴이들의 노력이 결실을 보았는지 20살도 되지 않아 박사 학위를 받았다.

아니, 그냥 박사 학위를 취득한 정도가 아니라 다섯 개 부문에서 박사 학위를 취득했다는 것을 알았을 때는 겁이 나기 시작했다.

사실 수한이 일찍 미국에서 한국으로 오게 된 것도 그런 수한의 천재성 때문이었다.

수한이 박사 학위를 받고 얼마 있지 않아 은밀한 움직임이 지킴이들에게 포착이 되었다.

지킴이들은 시대가 바뀌면서 한반도 내에서만 활동을 하는 것이 아니라 말 그대로 나라와 민족을 수호하기 위해 국외로 활동 영역을 확대하였다.

옛날에는 나라를 수호하기 위해 산속에서 심신을 단련을 하다, 나라가 위급하면 세상으로 나가 의병을 일으키면 되었지만 현대에는 아니다.

국제 역학 관계가 얽히고설키어 복잡하게 되었다.

그러다 보니 예전 방식으로는 자신들의 소임을 다할 수 없게 되었다.

지킴이 내부에서도 방법을 다양화 하게 되었는데, 일부 회원들을 외국으로 보내는 방법이었다.

외국에 터전을 마련하고 그곳에서 조국을 위해 헌신을 하는 것이다.

이렇게 외국에 나간 지킴이 회원 중 미국 정부에서 수한의 주시하는 것을 포착해 수한을 미국에서 빼냈다.

본격적으로 움직이기 전 조기에 귀국을 한 것이다.

만약 그렇지 못했다면 미국은 갖은 수단을 동원해 수한을 빼돌렸을 것이 분명했다.

아무튼 이렇게 수한을 숨겼는데, 천하디펜스의 회장이 어떻게 수한의 존재를 알았는지, 수한을 천하디펜스가 주축으로 하는 차세대 주력 전차 개발을 협력하는 연구원 수장으로 보내라는 것인지 놀랄 수밖에 없었다.

이렇게 최신규 사장이 의문을 나타내고 있을 때 먼저 말을 꺼낸 정명환 회장이 말을 하였다.

"아직 모르시고 있는 것 같은데, 사실 정수한 연구원은 제 조카입니다."

"예? 정수한 연구원이 회장님의 조카라고요?"

최신규는 정명환이 한 말에 눈이 동그래졌다.

사실 최신규는 수한이 천하그룹의 오너 일가와 연관이 있다는 것은 모르고 있었다.

그저 지킴이 회주인 혜원의 의붓 손자라는 것만 알고, 수한이 처음 병역 문제로 연락을 했을 때 도움을 주기 위해 연구원으로 받아들인 것뿐이다.

물론 수한이 연구원으로 들어오면서 그가 운영하는 서울 시스템은 많은 도움을 받았다.

천재라 알려져 있었지만 그래 봐야 아직 실무경험이 부족할 것이라고만 생각했는데, 그게 아니었다.

처음 한 사람 몫만 해 줘도 다행이라 생각했는데, 연구소장의 말에 의하면 서울 시스템 연구소에 있는 다른 어느 연구원들보다 실력이 뛰어나다는 말을 들었다.

그래서 대체복무 기간이 끝나더라도 자신의 회사에서 중요한 자리를 내주면서라도 수한을 붙잡으려는 생각을 하고 있었다.

그런데 지금 정명환 회장이 그런 최신규 사장의 꿈을 산산조각 내고 말았다.

'아! 역시 피가 다르니 다른 환경에서 자라더라도 호랑이가 되는구나!'

최신규도 수한의 출생에 대하여 대충 들어 알고는 있었지만 이제야 수한이 누구의 핏줄이라는 것을 알게 되자 수한의 천재성이 이해가 갔다.

호랑이의 핏줄을 받았기에 호랑이가 된 것이라 생각하니 수한을 자신의 회사 임원의 자리를 주고라도 붙잡으려던 자신의 생각이 얼마나 부질없는 짓이었는지 깨닫게 되었다.

"잘 알겠습니다."

정명환의 이야기를 듣고 최신규는 바로 생각을 접었다.

차라리 이 기회에 천하그룹과 인연을 맺어 두면 앞으로 서울 시스템도 많은 도움이 될 것을 알기에 자신의 생각을 접고 수한을 포기한 것이다.

뭐 대체복무를 위해 연구소에 출근한 것이 이제 겨우 10개월 정도가 지나고 있기는 하지만, 그동안 수한이 연구소에서 한 일만으로도 그가 해 줄 수 있는 일은 충분히 해 주었기 때문에 포기도 쉬웠다.

사실 수한이 연구소에서 하던 연구는 수한이 대체복무

기간 안에 완성을 하기만 해도 엄청난 이득이었다.

그런데 수한은 자신이 맡은 연구를 벌써 완성을 시키고 다른 연구원들의 연구를 도와주고 있었다.

그러니 수한을 이번 천하디펜스와의 협력에 보내는 것에 굳이 제동을 걸 필요도 없었다.

오히려 다른 연구원들은 기존에 하던 연구 때문에 빼지 못하지만, 수한은 이미 자신이 맡은 연구가 끝난 상태이다. 거기다 비록 대체복무를 하는 연구원이지만 서울 시스템 연구소 직원들 중 수한의 실력을 의심하는 이들은 아무도 없었다.

그러니 수한이 천하디펜스로 파견되는 연구원들의 수장으로 간다고 해도 이의는 없을 것이다.

천하디펜스 내부 회의실.

회의실 안에는 천하디펜스 회장인 정명환 회장은 물론이고 임원들은 물론이고 전차 개발과 관련된 부서의 연구원들까지 모여 회의를 하고 있었다.

그리고 가장 상석에는 천하그룹의 총회장인 정대한 회장이 자리하고 있었다.

"정명환 회장, 서울 시스템에서는 아직 도착하지 않았는가?"

정대한 회장은 아직 회의 시간이 되지 않았지만 빈자리를 보며 정명환에게 물었다.

현재 회의장에 빈자리가 몇 보였는데, 그 자리는 이번 차기 주력 전차 개발에 협업을 하는 서울 시스템 연구원 대표의 자리였다.

오늘 회의의 주제는 차기 주력 전차의 개발에 대한 밑그림을 그리기 위한 회의였다.

그런데 천하그룹 회장인 정대한 말고 천하디펜스의 대표인 정명환을 회장이라고 부르고 있었는데, 그 이유는 천하디펜스는 천하그룹의 일반 계열사와 달랐다.

그게 무슨 말인가 하면 천하디펜스는 원래 항공기 개발을 목적으로 하는 천하항공과 미사일이나 포탄을 제조, 개발하는 천하화학, 선박 회사인 천하조선 그리고 천하중공업과 천하 철강 등이 구조 조정을 통해 합병한 회사가 바로 천하디펜스다.

그러다 보니 기존 합병 전 천하항공이나 천하화학 등 계열사 사장들이 합병을 하면서 그들의 거취가 애매해졌다.

하지만 정대한 회장은 천하디펜스의 대표를 회장의 직책으로 올리고, 합병한 천하항공이나 화학 등의 회사 사장으로 있던 이들을 천하디펜스 사장의 자리에 앉혔다.

물론 구조 조정을 할 때 자리에서 물러난 이들도 꽤 많았지만, 어찌 되었든 천하 디펜스의 대표는 회장이 되고, 회장의 자리에는 당시 천하중공업의 사장으로 있던 정대한 회장의 차남인 정명환 사장이 회장의 자리에 취임을 하였다.

아무튼 정명환 회장을 보며 물은 정대한 회장 그리고 그런 아버지의 물음에 정명환 회장은 고개를 돌려 자신의 비서를 보았다.

정명환 회장의 뒤에 대기하던 비서는 얼른 대답을 하였다.

"1시간 전에 연락을 받았습니다. 회의 시간 전까지는 도착할 수 있다고 하였습니다."

비서는 무척이나 사무적으로 대답을 하였는데, 사실 서울 시스템에서 파견을 나오는 수한이 회의 시간에 늦는 것이 아니라 이 자리에 있는 사람들은 회의 시간 보다 먼저와 자리를 지키고 있는 것뿐이었다.

말이 떨어지기 무섭게 회의장 밖에서 들려오는 목소리가 있었다.

"수한아."

"예, 아저씨."

수한은 밖으로 나가려는데, 자신을 부르는 최신규의 부름에 고개를 돌렸다.

원칙적으로 회사이니 사장님이라 불러야 하지만, 최신규는 수한이 어릴 때부터 봐 온 터라 이렇게 아저씨라 부르는 것을 좋아했다.

"아마 천하디펜스에 가서 연구를 하다 보면 네 대체복무 기간도 끝날 것 같은데, 그 뒤로 잘 부탁한다."

"그게 무슨 말씀이세요?"

수한은 최신규 사장의 말이 조금 이상하게 들렸다.

그런 수한의 표정을 읽었는지 최신규 사장이 웃으며 말을 하였다.

"얼마 전에 정명환 회장님께 들었다. 정 회장님께서 네 둘째 큰아버지시라고?"

"아!"

수한은 최신규의 말을 듣고 조금 전 그가 한 이야기가 무슨 소리인지 깨달았다.

사실 얼마 전 할아버지에게 불려갔을 때, 언뜻 그런 이야기를 들었다.

대체복무가 끝나면 할아버지의 회사로 들어오라는 소리였다.

작년까지만 해도 그런 할아버지의 제안을 거부했겠지만 지금은 그렇지 않았다.

원수인 일신그룹에서 자신을 알게 되었기에 굳이 외부에서 따로 그들과 싸울 필요가 없어졌기 때문이다.

아니, 그렇게 싸웠다가는 각개격파를 당할 수도 있었기에 큰 바람막이인 천하그룹에 들어가기로 하였다.

물론 자신의 소유인 라이프제약을 포기한 것은 아니다.

그것은 그것대로 자신의 힘이 되어 줄 것이라 생각에 끝까지 가져갈 것이다.

더욱이 라이프제약에서 비밀리에 생산되고 있는 그것을 잘만 활용하면 지금과는 상상도 못할 돈을 벌어들이고, 또 힘을 가지게 될 것이기에 라이프제약을 포기할 필요가 없었다.

"예, 할아버지에게 그런 언질을 받은 적이 있습니다."

"그렇지? 너도 알겠지만 우리 회사는 시스템을 연구하는 회사다. 일반 공장 시스템을 연구해 주기도 하지만, 주로 하는 것이 너도 알겠지만 군에서 내려오는 것들이다."

최신규 사장의 말을 들으며 수한은 자신이 연구하던 것을 생각해 보았다.

KF—16의 시스템을 업그레이드 하는 것을 연구하였고, 부분적으로 완성을 해 소장에게 넘겼다.

그것으로 인해 서울 시스템은 국방부로부터 표창을 받았다.

앞으로 몇 년은 더 걸릴 줄 알았던 일이 수년이 앞당겼으니 아니 그렇겠는가.

더욱이 시뮬레이션 결과 전혀 기존의 시스템과 충돌을 하지 않고 완벽하게 작동을 하고 있으니 국방부로서는 서울 시스템의 기술력을 인정해 주었다.

하지만 최신규 사장은 잘 알고 있었다. 그것이 자신의 회사의 기술력이 아니라 수한이 도와줘 완성도가 높아졌다는 것을 말이다.

그러니 지금 수한이 대체복무가 끝나면 천하디펜스나 천하그룹에 입사할 것이고 또 회장의 핏줄이니 임원으로 들어갈 것이란 사실은 100%였다.

능력이 있으면 원수만 아니라면 데려다 쓴다고 소문이 난 천하그룹이고, 정대한 회장이다 보니, 수한이 천하그룹으로 들어가면 서울 시스템에도 도움을 달라는 부탁을 하는 중이다.

수한도 자신을 도와준 최신규의 노고를 잘 알기에 그의 부탁을 들어줄 생각이었다.

그리고 천하그룹이 대기업이고 천하디펜스가 대한민국 최고의 방위산업체라고 하지만 모든 것을 혼자 전부 해결할 수는 없었다.

비록 그것들과 비교되지 않겠지만, 서울 시스템의 연구원들도 천하그룹에 있는 인재들 못지않은 수재들의 집합체다.

그러한 사실을 잘 알고 있는 수한은 자신의 구상을 펼치기 위해선 이들의 도움도 꼭 필요하다는 생각이다.

"제가 이렇게 크기까지 아저씨들의 힘이 얼마나 컸는지 잘 알고 있어요. 그러니 너무 걱정하지 마세요. 제가 천하그룹에 들어가게 되더라도 잊지 않을 것이니, 다른 아저씨들에게도 연락해 주세요."

수한은 그동안 외부에 알리지 않았던 자신의 포부를 최신규 사장에게 들려주었다.

우선적으로 반민족 기업이 일신그룹을 응징하기 위해 힘을 기를 것이라 말했다.

그러기 위해선 지킴이 회원들의 도움도 절실했다.

하지만 그보다 우선적으로 천하그룹이 일신그룹과 동등하게 싸울 수 있을 정도로 커져야만 했다.

그리고 그 첫 번째로 국방부가 발표한 차세대 주력 전차 개발 사업을 따내야 했다.

들려오는 정보에 의하면 일신그룹도 이번 차세대 주력

전차 개발 사업에 컨소시엄을 형성하여 뛰어들었다는 이야기를 들었다.

그런데 어이가 없는 것은 일신그룹이 자국의 차기 전차 개발 사업에 적국이나 마찬가지인 일본의 기업과 손을 잡는다고 하였다.

일본이 한국과 동맹이라고 하지만, 지금까지 일본이 보이는 행보를 보면 동맹이 아닌 적대국 그 이상도 이하도 아니다.

앞뒤 말이 다르고 한국령인 독도를 다케시마라 부르며 한국이 강제 점검하고 있다고 떠들고 있었다.

뿐만 아니라 종군위안부 문제를 역사 교과서에서 삭제하고, 그것도 모자라 로비를 통해 그러한 사실을 한국이 거짓 선동하는 것처럼 조작을 하려고 하였다.

이렇게 앞에서는 한일양국의 협력을 주장하면서 뒤로는 자신들의 잘못을 반성하지 못하고 대립을 힐책하는 일본이다.

수한은 절대로 그러한 일본인들을 자신의 조국인 대한민국의 동맹이라고 생각지 않았다.

이는 전생의 기억을 돌아봐도 이러한 자들은 나중에 문제를 일으켰다.

그러니 겉과 속이 다른 일본과 손을 잡고 조국을 지킬

무기를 만들겠다는 일신그룹을 좋게 볼 수가 없는 것이다.

굳이 의붓 할아버지인 혜원에게 들었던 것처럼 일신그룹이 반민족 기업이라는 것 때문도 아니고, 오래전 자신을 납치했던 납치범을 후원을 했다고 해서 편견을 가지고 생각하는 것도 아니다.

모든 관련 정보를 종합 분석해 내린 결론으로 수한은 일신그룹이나 일본을 그냥 그대로 두었다가는 자신의 조국과 자신이 사랑하는 이들이 불행해질 것이라 판단을 하고 그들을 적이라 규정하였다.

그리고 그런 적들을 파멸시켜야 자신과 자신이 사랑하는 이들이 행복해질 수 있다고 생각하기에 가장 우선 국방력 향상을 위해 노력을 기울이는 것이다.

"천하디펜스에서 회의가 있어 이만 가 볼게요. 그리고 너무 걱정하지 마세요."

수한은 그렇게 최신규에게 인사를 하고 서울 시스템을 나와 천하디펜스로 향했다.

〈『그레이트 코리아』 제5권에서 계속〉

GREAT
그레이트 코리아
KOREA